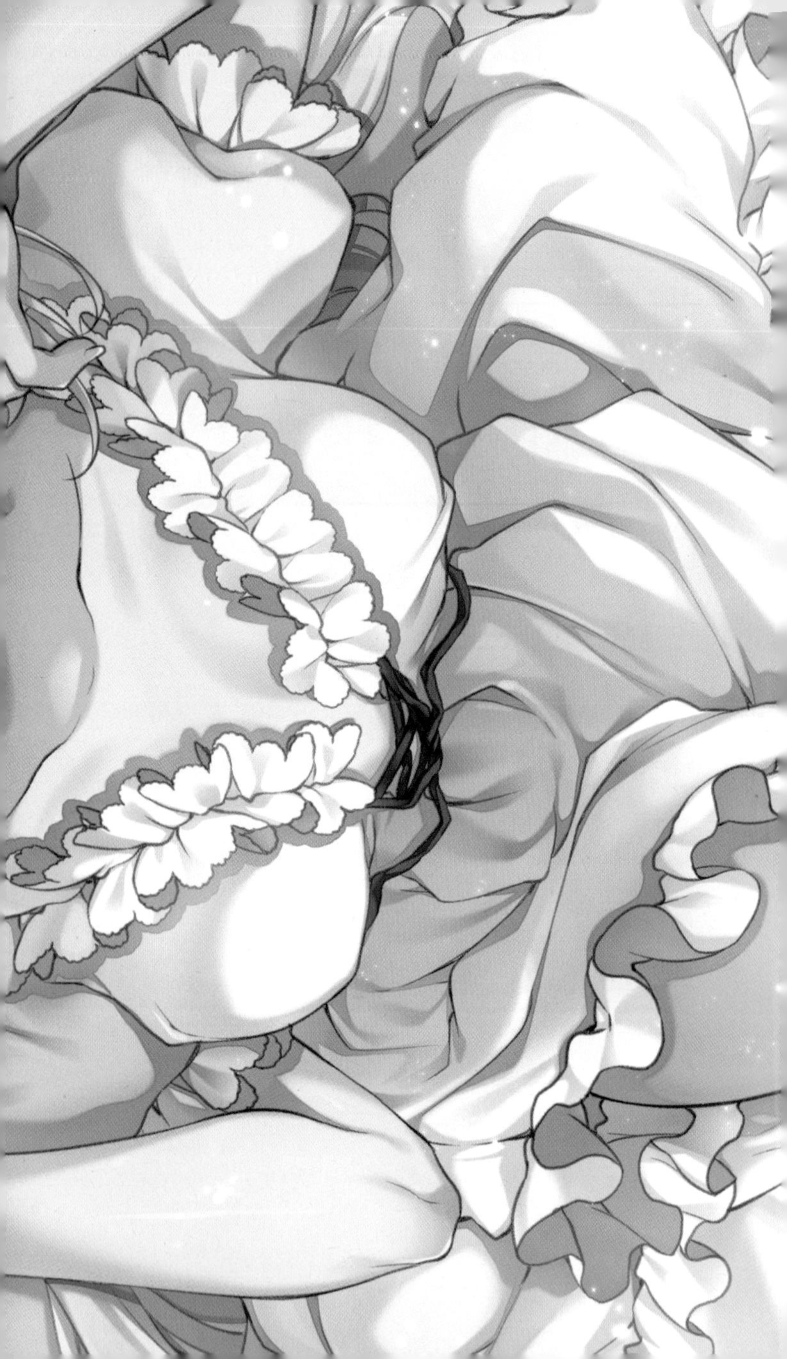

2

지음
카타리베 마사유키
Masayuki Kataribe

일러스트
토사카 아사기
Asagi Tosaka

CONTENTS

옛날이야기와 기분 나쁜 미소

"할아버님, 또 옛날이야기 해 주세요!"

"오오, 그렇지그렇지. 그럼 모두 여기 오렴……."

어린 시절 형들이 할아버지에게 부탁하던 옛날이야기는 언제나 비슷했다.

"옛날옛적에, 대륙에 펼쳐진 '마의 숲' 에서 마수가 많이 흘러넘치는 '비스트 웨이브' 때문에 많은 사람들이 괴로워하던 때의 이야기란다."

할아버지가 기분 좋게 이 이야기를 시작하면 다른 형들은 두근거리는 표정으로 몇 번이고 들었을 이야기에 귀를 기울였다. 그런 형들은 할아버지에게 귀여운 손주였겠지.

하지만 나는 언제나 할아버지의 이 이야기가 싫었다.

"모두가 '비스트 웨이브' 로 괴로워하던 그때, 용감한 마도사가 떨쳐 일어났단다! '내가 비스트 웨이브를 막을 수 있는 나라를 만들겠어!' 라면서……. 바로 그 나라가 우리 살바도르 왕국이란다."

비스트 웨이브의 방파제가 되어 마의 숲으로부터 사람들을 지킨다. 그 덕분에 살바도르는 다른 나라들의 존경을 받는다.

그건 분명히 자랑스러운 이야기였다. 괜한 피해를 내지 않도록 위험한 역할을 자진해서 맡은 선조의 행보는 당연히 존경해야 한다.

하지만 나는 그때부터 할아버지의 결론이 마음에 들지 않았다.

"그렇기에 마도사란 신에게, 대정령님께 선택받은 자. 마법을 쓰지 못하는 평민들은 우리의 마법 없이 살아갈 수 없지. 마수에 잡아먹힐 수밖에 없는 가엾은 자들. 그들은 마도사인 우리 왕후귀족 덕분에 살아 있는 게야. 그것만으로도 감사해야지!"

그렇게 결론을 내리고 웃는 선대 국왕과 "암, 그렇고말고."라며 감탄하는 형들.

어렸던 나는 그들의 그런 '기분 나쁜 미소'를 보고 싶지 않았다.

어린 시절, 때때로 소박한 맛이 나는 과자를 만들어 주던 메이드장이 있었다.

나는 그 자상한 미소를 좋아해서 자주 놀아 달라고 했다.

왕족이기에 어린 시절부터 해야 할 일이 많아 귀족 계급과 만나면 정신적으로 피곤한 일도 많았지만, 그녀는 언제나 변함없는 미소를 지으며 기다려 주었던 것이다.

어린 내가 그 미소에 얼마나 구원을 받았는지 모른다.

하지만 그녀는 어느 날 갑자기 없어졌다.

그리고 그 대신 온 사람은 그 '기분 나쁜 미소'를 지으며 말했다.

"제가 오늘부터 메이드장을 맡게 되었습니다."

그리고 그건 한 번으로 끝나지 않았다.

장난 삼아 검에 손을 댄 나를 진심으로 꾸짖고 제대로 된 검의 사용법을 가르쳐 준 근위대장도, 올해는 수확이 좋았다며 새빨간 과일을 슬쩍 주었던 정원사 노인도, 탈선해서 시골 이야기 하는 게 즐겁던 여교사도…… 어느 날 갑자기 사라지고 다른 자가 그 자리를 차지했다.

하나같이 그 기분 나쁜 미소를 지으면서.

어린 나 그저 무서웠다. 내가 좋아하는 자들은 모두 그 '기분 나쁜 미소' 로 뒤바뀌어 가는 듯한…… 그런 감각.

나는 그 기분 나쁜 미소에서 도망치고 싶어서, 어느새 성안을 울며 달리고 있었다.

하지만 동시에, 이 일은 결코 할아버지와 형들에게 이야기해선 안 된다고 생각했다.

똑같은 미소를 짓는 자에게 이 일을 들켜서는 안 된다고.

아이의 직감이라고는 해도 그 판단은 훌륭한 것이었다고 자부한다.

그러면서 나는 성안에서 유일하게 '기분 나쁜 미소' 를 짓지 않는 사람에게 매달렸다.

"아버님! 어째서 그들은 성에서 없어져 버린 거지요?! 뭔가 문제라도 일으킨 건가요?!"

아버지는 갑자기 방문해 울며 매달리는 날 보고 처음엔 당황한 것 같았다. 하지만 차츰 서글프고 안타까운 듯한, 그러나 아주 약간은 기뻐 보이는 표정을 지으며…… 내 머리를 쓰다듬었다.

"그들은 성실하게 일하는 우수한 자들이었단다. 문제는 무엇 하나 일으키지 않았지."

"그럼 어째서?!"
"마력이 부족하기 때문이다."
"?!"
아버지의 말은 충격적이었다. 그들은 우수했지만 마법을 사용할 정도의 마력이 없기에, 다시 말해 마도사가 아니기에 마력을 가진 자들 위에서 일하는 게 허락되지 않았다고.
"그런 걸로…… 겨우 그런 걸로……."
움켜쥔 주먹이 흔들리고 악문 이 사이에서 피의 맛이 났다. 자신의 마음속 깊은 곳에서 끓어오르는 강렬한 불길을 느꼈다.
아버지는 처음으로 안 격렬한 분노의 감정에 그대로 격앙할 것 같은 내 어깨를 정면에서 붙들었다.
어깨를 쥔 힘에 놀란 나를 아랑곳하지 않고, 아버지는 어떤 결의를 담은 눈으로 나를 보았다.
"알겠느냐, 아스루. 지금 네가 품은 마음의 불길을 절대로 남에게 보여선 안 된다. 현 국왕에게도 형들에게도, 부하에게도. 하지만 절대로 그 불길을 잊지 마라!"
'주관이란 게 없이 안온한 일상을 보내는 나태한 자' 라고 야유당하는 인물의 얼굴이 아니었다. 내가 지금 느낀 분노의 불길을 몇백 몇천 번이고 불태워 온 동지의 얼굴이었다.
"언젠가 내가 길을 제시하마. 아스루, 네가 그 감정을 그대로 목청껏 외쳐 화낼 수 있는, 그런 길을."
내 인생 최초이자 최대의 행복은 아버지가 이런 사람이었던 것, 이해자였던 것이다.

덕분에 나는 찾아낼 수 있었다.

둘도 없을 동지를, 자신의 우울함을 걷어내 줄 진정한 벗을.

살바도르의 희망이 되는 ‘쌍두수신룡(인게이지 리바이어선)’ 을.

1장 악영 영애, 왕궁에 가다

기본적으로 집사의 아침은 빠르다.

그건 섬기는 주인이 상쾌하게 기상할 수 있도록 하고, 당일 스케줄을 원활하게 진행하기 위한 각종 준비가 필요하기 때문이다.

아침 식사 준비부터 몸단장 등, 주인이 여자인 것도 고려해서 같은 종자인 메이드들과 연계를 생각하며 해 나가야만 한다.

그 업무에 있어서 내가 가장 먼저 해야 하는 일은 주인인 공작 영애 나미 슈라이엔 님을 깨우는 것이다.

그러나 나는 그 업무에서 엄청난 쇼크를 받게 되었다.

'영애' 는 내가 가장 존경하고 너무나 좋아하는 '선배' 다.

지금까지는 남자 중에서 가장 가까운 존재가 나라는 자부심도 있었다.

그러나 그건 내 일방적인 생각에 지나지 않았던 것이다.

수영부에서는 진지하고 누구보다도 자신에게 엄격하며, 씩씩하고 멋있어 하급생들이 소란을 피우게 만드는 타입인 선배였지만…… 이른 아침의 침대에 그 모습은 없었다.

쓸데없이 넓은 공작 영애의 개인실, 지붕이 딸린 침대에서

2~3미터 떨어진 곳.

그 방바닥에 누워 있었다.

"쿠울~~~ 쿠울~~~."

침대에서 떨어져 베개를 꼭 붙든 채로 딱딱한 바닥을 구르는 데다가, 네글리제의 옷자락은 말려 올라가 정말로 한심하게 잠든 모습을 보이고 있었다.

대체 얼마나 잠버릇이 나쁜 건지……. 나나미 선배를 잘 알고 있다고 생각했지만, 역시 24시간 붙어 있는 건 아니니다.

결국 내가 아는 것은 나나미 선배의 겉모습, 바깥으로 드러낸 모습에 지나지 않았던 것이다.

그렇게 멋지고 씩씩하던 선배에게 이런 약점이 있었을 줄이야…….

나는 눈앞의 광경에…… 승리 포즈를 취하고 말았다.

"선배의 이렇게나 귀여운 약점이……. 팬들은 전혀 몰라. 끝내주는 이득! 끝내주는 우월감!"

약점조차 매력으로 바꿔 버리다니…… 이 얼마나 굉장한 사람인가!

※눈에 콩깍지가 씌다=반한 상대라면 설령 결점이라도 아름답게 보이고 마는 상태. 동의어는 제 눈에 안경.

음? 어쩐지 명예롭지 못한 칭호를 얻은 느낌이 드는데…… 뭐, 상관없나.

아무튼 주인이 바닥을 구르게 놔둘 수는 없다. 나는 쪼그려 앉아 그 볼을 꾸욱꾸욱 찔러 보았다.

놀라울 만큼 부드럽고 기분 좋은 탄력과 함께 "음냐아." 하는 묘한 소리를 흘리는 그 모습에 흐뭇해진다.

가능하다면 좀 더 계속하고 싶다는 충동이 생겼지만, 그럴 수는 없지.

나는 유혹을 떨쳐내고 어깨를 흔들었다.

그러나 그 순간, 눈앞이 새하얗게 변하고 머릿속에 이곳이 아닌 어딘가의 영상이 비쳤다.

「헤에~ 이게 다 국보인가요…….」

어딘가의 미술관이나 박물관 같은 곳에 항아리나 비석처럼 전문가가 비싸게 값을 매길 듯한 물품들이 진열되어 있었다. 그것들을 앞에 둔 선배가 이끌리듯 손을 뻗자, 깜짝 놀란 왕자가 큰 소리로 외쳤다.

「안 된다! 만지지 마!!」

「예?! 꺄아아아아아아!!」

국보라 불린 항아리에 닿은 순간, 선배는 전신을 흐르는 전격에 비명을 질렀다.

"이건 미래시인가?"

다른 마법에 비해 조건이 분명하지 않지만, 선배의 몸에 위기가 닥칠 때 몸에 닿으면 우발적으로 발현되는 환몽(幻夢) 마법.

지금까지도 몇 번인가 경험한 적이 있다. 이번 영상도 머지않아 생길 위기를 알린 것이리라.

"하지만 이번 장소는 대체 어디지?"

모처럼 미래를 보았는데도 영상이 너무 단편적이라 언제 어디서 일어나는지까지는 판단할 수 없었다.

젠장, 변함없이 쓰기 까다로운 치트 마법이군.

나는 악담과 함께 지금의 영상을 마음속에 보존하고, 다시금 바닥을 구르는 선배의 어깨를 흔들기 시작했다.

"일어나세요, 선배. 하다못해 침대 위에서 일어나자구요."

"으…… 응……?"

나나미는 내 목소리와 자극에 의해 간신히 꿈의 나라에서 귀환한 듯했다. 마지못해 하는 느낌으로 느릿하게 상체를 일으킨다.

반쯤 뜬 눈을 보니 아직 꿈과 현실을 헤매는 모양이었지만.

"아침이에요, 선배. 슬슬 일어나서 준비를 해야죠."

"……이름."

"예?"

선배는 아직 다 뜨지 못한 눈을 비비며, 그러나 명백하게 불만족스러워하는 목소리로 말했다.

"둘만 있을 때는…… 약속……."

"읏!"

잊고 있던 게 아니다. 그건 이후 내 인생에 무엇이 일어나더라도 절대로 잊을 수 없는 대사건이었으니까.

하지만 아무래도 지금까지 '선배'로 부르고 있던 나에게는 너무 어려운 일이라서, 무심코 예전처럼 부르고 만다. 내가 생각해도 참 한심하다.

그렇다. 불러도 되는 것이다. 그것도 본인의 허락을 받아서!

나는 끓어오를 듯한 머리를 흔들어 기합을 넣었다. 아직은 그러지 않으면 말할 수 없다!

"좋은 아침이에요…… 나나미."

"응, 좋은 아침, 유리."

나와 달리 선뜻 적응한 선배는 굉장히 자연스럽게 내 진짜 이름을 입에 담았다. 나는 언제쯤 이런 경지에 도달할 수 있을까?

그러나 그렇게 고민하던 나는 선배가 아직 꿈과 현실을 헤매는 상태임을 깨닫지 못했다.

선배는 바닥에 주저앉은 채로, 다 뜨지 못한 눈동자로 이쪽을 멍하니 보더니 나를 향해 느릿하게 양손을 뻗고…….

"도와줘……."

"예, 뭘 말인가요?"

"옷 갈아입는 거……."

"예, 알겠…… 어어어어어어어어어어?!"

옷 갈아입는 걸 도우라고?! 당신 제정신이에요?! 후배라고 해도 전 남자인데요?! 집사라도 남자거든요?! 그런 사람한테 옷을 갈아입는 걸 도우라니?! 즉 당신이 입고 있는 옷을 벗기라고?! 졸린 눈으로 작게 끄덕이지 말아 주세요! 귀엽잖아요!!

한순간 핑크색으로 뜨겁게 폭주하기 시작한 내 머릿속에서 갑은 수영부 선배이자 나나미의 친구인 사치코 선배의 이야기가 되살아났다.

「얘는 있지~ 평소엔 이렇지만 마음 놓을 수 있는 상대라면 잠결에 어린애처럼 구는 경우가 있어. 예전엔 응석쟁이였던 영향이라나 봐.」

그때는 나를 놀리기 위한 농담이라고 생각했지만, 설마 진실이었을 줄이야!

즉, 이런 모습을 보일 정도로 내게 마음을 놓았다는 이야기?

그야 참으로 영광스럽고 기쁜 일이지만, 이 상황은 어떡하면 되지?!

지금은 주인과 집사의 신분이라고 해도, 젊은 남녀다.

아무리 그래도 그런 일을 내가 돕는 건 도덕적이지 않다.

다소 아까운 느낌은 들지만 일단은 선배가 제대로 정신을 차리게 하고…….

"빠~~~~알~~~리~~~~."

명령이 나왔습니다. 선배의, 주인님의 명령입니다.

후배에 지나지 않는, 하인에 불과한 저에게 거부권은 없습니다. 할 수 없지요. 결코 달콤한 상황에 혹한 건 아닙니다.

이제부터 이분의 네글리제에 손을 대는 건 업무, 일의 일환입니다. 집사에게 내려진 역할…… 아니, 시련입니다!

나는 군침을 삼키고 떨리는 손으로 선배에게 손을 대려고 하는데…….

"설마 진짜로 도울 생각인가요? 오라버님……."

"으헉!!!!"

갑자기 등 뒤에서 지옥 밑바닥에서 울리는 듯 냉랭한 목소리가 들려 왔다.

조심조심 돌아보자 경멸의 시선을 숨기려고 하지 않는 여동생 멜티가 눈에 들어왔다.

길고 아름다운 은발을 뒤로 묶고, 단정하게 입은 메이드복 차림은 청결감에 넘쳐 잘 어울렸다.

다만 평소에는 귀여운 메이드복이 지금만은 사형 집행인의 정장으로 보였다.

이루 표현할 수 없는 압력에 아무 말도 못 하고 있자니, 나는 어느새 여동생에 의해 방에서 내쫓긴 후였다.

집사로서는 다행인 듯한…… 하지만 아까운 듯한…….

내 이름은 미즈마치 유리. 본래는 일본의 벽촌에 있는 긴소쿠 고등학교 2학년으로 수영부 소속이었다.

그리고 이 세계에서의 이름은 유리우스 슈피겔이라고 한다.

중2병에 걸려서 '가짜 이름' 을 운운하는 건 아니다.

사건의 계기는 대략 한 달 전. 수영복 활동을 끝내고 동경하는 '시미즈 나나미' 선배와 함께 귀가하던 도중에 들른 신사에서, 내가 그곳에 안치된 '보주(寶珠)' 에 소원을 빌었더니 이세계의 주민 '유리우스 슈피겔' 이 되어 있었다.

처음엔 '마법' 의 개념이나 '귀족 계급' 의 신분 차이 등 현대 일본인인 내 상식과는 동떨어진 상황에 혼란스러워했다.

그러나 내게 유일한 구원이었던 것은 이세계에서 다른 사람으로 뒤바뀐 세 나반이 아니었던 사실이다. 놀랍게도 그때 함께 소원을 빌었던 선배는 유리우스가 집사로 섬기는 주인 '나미 슈라이엔'이 되어 있었다.

현재 우리는 원래 세계로 귀환하기 위해 이 세계에도 존재하는 '보주'에 접근하려 한창 분투하는 중이지만…… 그 분투가 영 이상한 방향으로 나아가기 시작한 느낌이다.

그건 홍과 기세로 시작한 모의 전투 훈련 '킹 킬링'에서 상급 귀족 녀석들에게 승리하고서, '내일부터는 여름 방학'이라는 생각으로 긴장을 풀고 있을 무렵 왕궁에서 도착한 편지가 발단이었다.

그 편지는 주인인 나미만이 아니라 나와 선배, 즉 유리우스와 나미 모두에게 보내진 것이었다. 즉…….

"즉, 이번 초대장은 왕가에서 공작가 영애에게 보내는 게 아니라."

"킹 킬링의 승자, 즉 우리 '잔물결'에 보내는 것이겠네."

오늘 아침의 잠꾸러기 유아 상태와는 딴판으로 우아하게 아침 식사를 하고 있는 선배. 그 모습은 어떻게 봐도 고귀한 귀족 집안의 아가씨였다.

참고로 나미의 아버지 게리온 공작은 해가 뜨기도 전에 외출해야 해서 일찍 아침 식사를 끝냈고, 정략결혼이 일상적인 귀족이면서도 남편을 너무 사랑하는 나미의 어머니는 아침 식사를 남편과 함께했다.

그렇기에 나미는 혼자서 아침 식사 중이다.

다만 내용물이 일반 서민인 선배는 종자인 내가 등 뒤에 서 있는 게 신경 쓰이는 걸 넘어 마음에 들지 않는 듯하다.

나도 기분은 알겠지만 종자가 주인과 식탁을 함께하지 않는 건 기본이다.

우아하게 빵을 뜯어 입으로 옮기는 선배의 잔에 홍차를 보충한 후 혼자 서 있는 메이드 씨에게 눈짓하자, 메이드가 빈 식기를 챙기고 퇴실했다.

그리고 보는 사람이 나밖에 없는 것을 확인한 순간, 지금까지 우아했던 귀족 아가씨는 오늘 아침 식사인 달걀 프라이, 베이컨, 샐러드를 전부 빵에 끼워 넣고는 맨손으로 들고 씹기 시작했다.

"아으~~~! 진짜 불편하다니깐~~~!!"

우아함과는 동떨어진, 와구와구 씹는 그 모습에 안심하는 걸로 봐서 역시 나도 귀족에는 맞지 않는 모양이다.

"정말이지 학교에선 식사든 뭐든 신경 쓰지 않아도 되어서 편한데……. 집이 불편하다니 대체 뭐야?"

"사실은 학교에서도 신경을 써야죠? 공작가의 후계자로서 생각하면."

내가 그리 말하자 나나미는 볼이 볼록해진 채로 신음했다.

"으으……. 이 이상은 아무래도 무리거든? 어떻게든 빨리 돌아갈 방법이 발견되지 않으려나?"

"하지만 오늘 저희가 갈 장소는 더 불편할 텐데요?"

"으……. 확실히."

오늘 초대…… 소집받은 곳은, 이 나라에서 가장 예의범절에 엄격할 위인들이 모이는 장소니까.

왕자의 이번 직접 호출에, 게리온 공작은 "아스루 왕자님과 가까워질 절호의 기회다. 잘했다."라며 딸을 칭찬하고 있었다.

그리고 나, 즉 유리우스 슈피겔의 여동생이며 최근 슈라이엔 가(家)의 견습 메이드가 된 멜티의 경우엔 "오라버니가 왕가에 발탁되면 공공연하게 못된 영애에게서 떨어질 수 있어!"라며 묘한 방향으로 기대를 갖는 듯했다.

아마 어느 쪽도 어긋난 기대라고 생각하지만…….

그런 생각을 하는 동안 나나미는 몇 분 만에 눈앞의 아침 식사를 다 먹고 마지막으로 홍차를 한 모금 마신 후 잔을 탁 내려놓았다.

"후우……. 하지만 호랑이 굴에 들어가지 않으면 호랑이를 잡을 수 없어. 어차피 왕가와의 접촉은 피할 수 없으니까. 우리의 최종 목적을 위해서는."

"그러네요……. 원래 세계에 돌아가려면 말이죠."

*

살바도르 왕국 정치의 중핵이자 국내에서 가장 권력이 있는 인물이 머무는 장소, 그곳이 바로 이번에 우리가 소집된 살바도르 성이다.

그곳은 실로 호화찬란하고 거대한 건물로, 멀리서 보면 곳곳에 바늘겨레가 솟은 것처럼 보이는 외견은 일본에서 TV로 몇 번 본 서양의 성 그대로였다.

"하아~~. 굉장하네. 나 이렇게 '성!' 느낌이 나는 건물을 실제로 보는 건 처음이야. 유명한 테마파크의 성도 실제로 본 적 없었거든."

본래 나미는 어릴 때부터 몇 번이고 방문했던 장소로, 이 성도 나나미의 기억 속에 있었으리라. 그래도 실제로 보니 놀라움이 앞선 거겠지.

"하아, 그런가요……."

"뭐야…… 기운 없는 대답이네. 너는 이런 성 처음 보는 게 아니야?"

"아니……. 저도 처음이긴 한데……."

나나미는 내 딱딱한 대답이 불만인 듯했다.

나도 가능하면 동향 사람으로서 놀라움을 공유하고 싶었지만, 지금은 그런 것보다도 중대한 사건이 내 머릿속에 떠올라서…… 그럴 여유가 조금도 없었다.

내가 지친 것은…… 성까지의 이동 수단이 왕가에서 보내 준 '마차' 였기 때문이다.

나나미는 요새 멀미 방지라면서 마차에 탈 때마다 내게 공주님 안기라는 포상을…… 아니, '완충 담당' 을 요구한다.

그것만이 아니다. 공주님 안기에 익숙해진 나머지 금세 잠들고 만다. 이 상태가 정말로 위험하다!

팔 안에서 무방비하게 눈을 감고 있는…… 사랑스러운 사람.
너무 가까운 얼굴, 아직도 몸 전면에 남아 있는 감촉과 체온이 자제심이라는 녀석을 바사삭 부순다.
이제 빨리 마차 이동을 대신할 다른 이동 수단을 갖추지 않으면 정말로 큰일 날 것 같다.
도착하고서 문지기 병사들의 경례를 받으며 안내받은 곳은 성 안의 어떤 방. 거기까지 나나미는 의기양양하게, 나는 완전히 지친 상태로 비틀비틀 이동했다.
나나미 본인은 이젠 자연스러운 일이라고 생각하는 것 같지만 나는 아니다. 아침에도, 아무리 본인이 한 말이라곤 해도 옷 갈아입는 걸 도우려고 했을 정도라 슬슬 위험한 느낌이다.
내 이성을…… 나는 요즘 정말 신용할 수 없다.
여름 방학 덕분에 조금은 냉정함을 되찾고 있었는데…… 제기랄!
"아, 나미 님. 거기에 유리우스 씨, 좋은 아침이에요~."
"안녕. 둘 다 늦었구만."
객실에는 이미 선객이 몇 명 기다리고 있었다.
여전히 웃는 얼굴이 부드럽고 따스한 라이라 양과 딱딱한 표정이지만 처음 만났을 때에 비하면 꽤나 누그러진 표정을 보이는 슬레거. 즉 스펠런카 남매와 그 친구로 평소부터 고집 세고 활발한 성격이 드러나는 알리시아 씨가 기다리는 시간을 보내고 있었다.
그들은 모두 평민으로, 본래라면 귀족 중에서도 왕족 다음인 공작가 영애에게 이렇게 인사하는 건 부적절하다. 하지만 여기 있는 자들은 이전에 함께 싸운 동료이자 전우다.

공적인 장소도 아닌데 '신분에 걸맞은 태도'를 갖추는 건 시시하다는 게 이 '잔물결' 멤버에게는 공통된 인식이다.

애초에 공작 영애 본인이 원래부터 그런 걸 조금도 신경 쓰지 않으니까.

"라이라! 알리시아! 오래간만이네, 잘 지냈어?"

"오래간만? 여름 방학 시작하고 겨우 1주째인데?"

나나미가 갑자기 두 사람을 한꺼번에 끌어안자 알리시아가 눈을 동그랗게 뜨며 쓴웃음을 지었다.

"아니~! 친구와 만나지 못하는 시간은 하루라도 긴 거예요! 그게 일주일이나 됐는걸요?!"

이런 인식은 수영부 활동이 원인이겠지.

평소부터 고행을 함께하는 동료가 곁에 있는 게 당연한 수영부원이었던 선배는 친구와 있는 시간을 아주 좋아했다.

슈라이엔 저택에서도 그 경향은 강해서, 지금은 동성 친구에게 굶주려 있다. 그중에서도 가장 먼저 타깃으로 삼고 있는 것이 내 여동생인 멜티이다.

하지만 멜티는 오빠를 멸시했던 악역 영애 나미를 싫어하고 있다. 그 때문에 멜티는 나나미에게서 계속 도망치고 있는 상황.

"정말이지……. 너를 알면 알수록 내가 머릿속 공작 영애의 환상이 무너지는데요, 나미 님?"

"아니야~. 우리는 공작 영애님이 아니라 나미 님과 친구가 된 거니까."

아무래도 여자들끼리는 부드러우면서도 굳건한 인연을 구축해 나가고 있는 모양이다.

이건 좋은 일이다. 두 사람의, 귀족과 평민의 사이가 돈독해질수록 나나미에게 드리운 '악역 영애' 의 이미지가 흐려져 갈 테니까.

그렇게 눈앞에서 펼쳐지는 흐뭇한 광경으로 조금 전의 사건을 잊으려 노력하고 있자, 슬레거가 갑자기 어깨를 두드렸다.

"뭐야, 유리우스. 어떻게 된 거야? 온 뒤부터 계속 묘하게 굳어선 말도 없고……. 게다가 아까부터 얼굴이 빨간데?"

"저기, 슬레거. 너는 배고픈 상태에서 코앞에 만찬이 놓였는데 '절대로 먹지 마라' 는 말을 들으면…… 버틸 수 있겠어?"

내 갑작스러운 질문에 슬레거는 눈썹을 찌푸렸다.

"그 고행은 뭐야. 그게 무슨 잔혹한 짓이냐."

"그래…… 잔혹하지? 하, 하하하……."

"뭔지 모르겠지만, 너도 참 고생이 많구나."

내가 메마른 웃음을 흘리자 슬레거는 부드럽게 어깨를 두드려 주었다.

"하지만 말이야, 대체 왜 호출된 거지? 우리 같은 평민에게 왕자님이 편지를 보낸 걸 본 어머니가 '얘! 이번엔 대체 무슨 짓을 한 거니!' 라며 대소동이었거든?"

슬레거는 그렇게 말하며 우리가 받았던, 왕국의 각인이 찍힌 편지를 팔랑팔랑 흔들었다.

"나만이 아니라 라이라에게도 같은 게 왔으니까, 나쁜 일은 아니겠다는 결론을 내고 안심하셨지만 말이야."

"네 평소 소행은 얼마나 나쁜 거야?"

내가 얼굴을 찡그리자 슬레거는 씨익 하고 웃었다.

"그건 비밀이야. 고작해야 나와 알리시아 둘이서 마을 경비대 전원과 안면이 있는 정도거든."

"과연, 이해했어. 너도 알리시아 씨도 예상대로라는 거군."

"하하하! 잔소리 말라고, 내버려 둬!"

그것만으로도 대략적인 예상이 됐다. 즉, 이 녀석들은 동네 문제아란 거로군.

"여전히 떠들썩하군요, 잔물결 여러분. 일단 여기가 명예로운 왕궁 안이라는 건 알고 계신가요?"

우리가 그런 담화를 나누던(장난을 치던) 객실에 갑자기 들려온 듣기 좋은 목소리.

그 목소리에 전원의 움직임이 턱 멎었다.

대체 어느 틈에 열려 있었는지 문 앞에 서 있는 여자. 짙은 감색 머리카락을 길게 기르고, 우아한 분위기인데도 숨길 수 없는 고귀함이 떠돈다. 푸른색의 간소한 드레스를 입은 공작 영애 엘누아르 에델슈타인이 약간 어이없다는 시선으로 우리를 보고 있었다.

"아무리 보는 눈이 없다 해도 이곳은 왕궁. 공작가 영애인 나미 양도 계시니까 조금은 절도를……."

그러나 계속해서 충고하려는 엘누아르 아가씨를 앞에 둔 우리는 한순간에 눈짓으로 의사소통을 시도했다.

그리고 나나미의, 아니 나미 슈라이엔의 호령에 맞춰 전원이 일제히 움직였다.

"전원 정렬!"

척, 척, 처척!!

"어……?"

조금 전까지 잡담에 열을 올리던 제멋대로인 녀석들이 순식간에 일렬로 딱 서고, 각 잡힌 자세로 똑바로 서서 나란히 발소리를 울리며 엘누아르 아가씨를 돌아보았다.

너무나 느닷없이 통솔된 군인들처럼 행동하는 우리에게 황당해하는 엘누아르 아가씨에게 나나미가 말했다.

"에델슈타인 공작가 영애이신 엘누아르 에델슈타인 님! 일전에는 저희 '잔물결' 의 사사로운 싸움에 휘말리시게 하여 정말로 폐를 끼쳤습니다!!"

""""폐를 끼쳤습니다!!""""

전원이 사죄의 말과 함께 머리를 숙였다. 그 광경에 상황을 따라잡지 못한 듯 허둥대기 시작한 엘누아르 아가씨……. 조금 귀엽다.

"어, 어엇?! 뭔가요? 대체 뭔가요?!"

"저희는 확실히 백작가 분들과 대립했습니다. 그 결과가 일전의 킹 킬링이었습니다만, 저희는 당신과 분란을 일으킬 생각은 없었습니다."

"저희 평민들도 에델슈타인가에는 많은 원조와 직업 알선 등의 신세를 지고 있어, 감사한 마음은 있어도 원망하는 마음 따위는 조금도 없었습니다."

"지나간 일이라곤 해도 불편한 역할을 맡으시게 해서 실로 죄송했습니다."

논리 정연하게, 본래 존대를 꺼리는 슬레거와 알리시아 씨도 엘누아르 아가씨에게는 깍듯하게 사죄했다.

실제로 엘누아르 아가씨는 작위를 가진 다른 귀족들에 비해 권력을 남용하지 않기도 해서 평민들에게 평판이 좋다. 적어도 최근까지 악역 영애였던 나미보다는 훨씬 더.

멍해져 있던 엘누아르 아가씨는 우리의 그런 태도에 깜짝 놀라 허둥대기 시작했다.

"잠깐만요! 그만두세요! 이 정연한 대열 행동은 대체 뭔가요! 꼭 이전부터 계속 연습해 온 것처럼?!"

"당신을 만났을 때 전원이 가장 먼저 이렇게 하려고 킹 킬링 다음 날부터."

"진짜로 연습했던 건가요?!"

엘누아르 아가씨는 경악해서 부들부들 떨 뿐……. 아무래도 우리의 단체 사죄는 만족스럽지 않았던 모양이다.

우리는 순식간에 원진을 만들어 긴급 회의 태세에 들어갔다.

"어떡하죠, 단체 행동적 집단 사죄는 만족스럽지 못했나 봐요. 역시 공작 영애에 대한 사죄쯤 되면 이것만으로는 예의가 모자란 걸지도 모르겠네요."

진지한 얼굴로 이후의 작전을 검토하는 나나미에게 고개를 끄덕이는 우리.

"여기는 우리가 나서서, 죽이려 들 만큼 화났던 경비병들에게 사용한 오의를 써야 할까."

"점핑 큰절……. 확실히 그것 이상은 떠오르지 않네."

슬레거와 알리시아 씨가 진지한 표정으로 제안했다.

"하지만 최상급이라고 하는 오체투지(五體投地)가 더 낫지 않을까~?"

"그건 모양새가 좀 그래서 장난치는 것처럼 보일지도 몰라요. 지금은 경험자 두 사람을 따라 점핑 큰절로……."

라이라 씨의 제안을 부드럽게 기각한 나는 최종 결정을 리더에게 위임했다.

"좋아, 그럼 집단 점핑 큰절부터 시작……."

"어느 쪽도 필요 없어요! 저에게 사죄할 필요 따윈 없으니 그만두세요!!"

나나미의 최종 결정을 끊듯이 엘누아르 아가씨의 거절하는 목소리가 울려 퍼졌다.

"아니, 그래도 폐를 끼친 건 사실이고……."

"그렇다고 해도 그렇게까지 거창한 사죄는 필요 없어요! 대체 뭐냐고요, 집단 점핑 큰절이라니!!"

"구체적으로 설명하자면……."

"안 해도 돼요!!"

한동안 공작가 영애끼리 그런 만담이 펼쳐지고 있었는데, 열려 있던 문에서 억눌린 웃음소리가 들려왔다.

"하하……. 아니아니, 이거 꽤나 별일인걸. 언제나 냉정함을 잃지 않는 엘이 이토록 큰 소리를 내게 하는 사람이 나 말고도 있을 줄이야. 역시 엘을 꺾은 '잔물결' 답다고 할까?"

그건 신기할 정도로 잘 울려 퍼지는 인상적인 목소리. 묘하게 듣기 좋고, 그리고 어떤 종류의 자신으로 가득한 목소리의 주인이 거기 서 있었다.

"당신은……."

내 목소리에 그 존재를 인식한 전원이 긴장했다.

은발에 장신, 수려한 용모, 성적도 우수한 데다 왕족으로서 살바도르 왕국 제3위 계승자.

아스루 D 살바도르 왕자 전하께서 실로 즐거운 듯 두 사람의 대화를 구경하고 있었다.

"자, 다들 편하게 있어. 이곳에는 내가 신뢰하는 자들만 있고, 다소 예의범절을 무시한다 해서 시끄럽게 따질 사람은 없으니까."

객실 소파에 앉은 전하는 씨익 웃으며 그렇게 말하고 홍차를 마셨다.

동작 하나하나가 멋있어서 눈부셔!

제길! 이게 높은 신분으로 태어난 자의 여유인가?!

힐끔 옆에 시선을 돌리자 역시 평민인 슬레거 일행은 어떡하면 좋을지 모르고 경직되어 있었다. 학원에서 보더라도 얼굴을 마주할 일은 없으니까 괜찮았지만 지금은 같은 자리에서 대면하고 있는 것이다. 어떤 의미로 당연한 반응이었다.

유일하게 다르게 반응한 건 같은 학급에서 나와 이전부터 면식이 있던 라이라 씨뿐.

아무렇지도 않게 테이블의 쿠키를 집어서 먹고 있다. 얘는 진짜 거물이네.

"전하, 무리한 말씀을 하시면 안 되어요. 평민에게 왕족이란 공포의 대상입니다. 가령 같은 학교에 다닌다 해도, 이야기한 경험조차 없는데 긴장하지 말라니…… 무리예요."

이곳에서 가장 분위기를 잘 파악하는 사람은 왕자 옆자리에 앉은 엘누아르 아가씨.

나무라는 듯한 말에 마음속으로 격하게 동의했다.

"시시한 소리를 하지 마라, 엘. 너는 그들과 사이가 좋잖아? 나만 따돌리지 말아 줬으면 하는데."

"그렇게 꾸민 것도 전하겠죠. 저는 자신의 신분을 이해하시라고 말하는 거예요."

뭐지, 이건? 눈앞에 펼쳐진 광경은 평소 학원 내에서 보던 곧은 왕자의 모습과도, 씩씩한 공작 영애의 모습과도 달랐다. 어떻게 봐도 소꿉친구의 일상적 대화로밖에 보이지 않았다.

"저기, 혹시 두 분은…… 그게 '본모습' 인가요?"

내가 주저주저하며 의문을 입에 담은 순간, 두 사람은 퍼뜩 움직임을 멈추고는 동시에 나를 보며 쓴웃음을 지었다.

"본모습……. 뭐, 그렇긴 하군. 왕족이란 이것저것 불편해서,

좀처럼 겉으로 드러낼 수는 없지만……. 기껏해야 오랫동안 알고 지낸 엘과 이야기할 때 정도일까."

"엘누아르 아가씨와는 그렇게 친근한 사이였던 건가요?!"

그때 가장 놀란 사람은 알리시아 씨였다.

원래 살바도르 학원은 설립부터 반대하는 귀족이 많았다.

그 반대를 억누를 목적으로, 살바도르 왕가는 왕자를 학원에 다니게 하고 있다.

노골적으로 말하면 '귀족들이 높으신 분을 노릴 수 있는 환경' 을 만들어 미끼로 삼은 것이다.

신분 상승을 노리는 여자는 대부분 귀족이지만, 평민 여자도 혹시나…… 하며 신데렐라 스토리를 꿈꾸는 자는 있다.

실제로 그런 목적을 가졌다고 오해받아 피해를 본 평민이 라이라 씨였다.

그리고 딱히 신분 상승에 흥미가 없더라도 타인의 연애 이야기에 관심이 있는 건 어느 세계의 여자나 마찬가지. 알리시아 씨가 놀란 것처럼, 약혼자 후보인 엘누아르 아가씨가 학원에서 왕자와 이야기하는 광경은 좀처럼 본 적이 없다.

기껏해야 지나갈 때 인사를 주고받는 정도로, 오히려 이전까지 헛돌고 있던 공작 영애 나미가 왕자와 자주 이야기하고 있다는 인상을 줬다.

어라, 잠깐만? 뭔가 이상하지 않나?

내가 이상하게 여기든 말든, 왕자는 기뻐하며 알리시아 씨를 바라보았다.

"그렇지. 덕분에 엘은 늘 설교 담당을 맡아 주고 있어."

"저라고 해서 하고 싶어서 설교하고 있는 건 아니에요."

"어쩐지 내가 상상하던 왕자님과는 다른걸."

"아하하……. 나도 전하와 처음 이야기했을 때 생각했어. 꽤나 싹싹하신 분이구나~ 하고."

스펠런카 남매의 말, 정확히는 라이라 씨의 말에 나는 깨달았다.

왕자가 라이라 씨에게 접근한 이유는, 라이라 씨가 장래가 유명한 마도구 세공사였기 때문이다.

신뢰할 수 있는 자만을 모아 평소에는 보이지 않는 본래 모습으로 이야기한다……. 이렇게 말하면 별것 아니라는 느낌도 들지만…….

평소 학원에서 왕자가 본모습을 보이지 않는 것도, 엘누아르 아가씨와 친한 사이인 것을 숨기는 것도 그쪽이 더 편리하기 때문이겠지. 가볍게 말을 걸면 귀찮은 일이 많을 테고, 특정 여인과 친하게 지내면 곧장 약혼자 후보로 인식된다.

그건 왕족이 학원에 재학하는 걸로 생기는 '신분 상승' 미끼를 귀족 영애들 앞에서 치우는 것과 같다.

반대하는 세력의 이점을 없애는, 외부에 흘러서는 안 될 정보가 아닐까?

그런데 우리는 아스루 왕자와 엘누아르 아가씨가 친한 사이임을 알고 말았다.

심지어 본인들을 통해.

슬쩍 곁눈질을 하자 나나미와 시선이 마주쳤다.

아무래도 같은 결론에 도달한 듯 '내게 맡겨.' 라고 눈짓으로 말해서, 나는 작게 고개를 끄덕였다.

"그 정보를 저희에게 이야기하신다는 건…… 저희 '잔물결'이 전하의 말로서 마음에 드셨다는 것인가요?"

나나미가 그렇게 말하자 왕자가 씨익 웃었다.

"후후. 빨리 이해해 줘서 고마워, 나미 양. 이전보다 주변이 잘 보이게 된 것 같은데."

이전이라는 건 나미가 전하에게 집착해 접근하려 하던 때의 일이다.

방대한 마력과 달리 마법을 거의 못 쓰는 나미는 그 사실을 감추고 공작 영애로서 자신을 포장하는 데 집착한 결과, 아스루 왕자의 약혼자 자리를 노리고 행동했었지만…….

뭐지? 내면이 다른 건 알고 있는데도 맹렬하게 화가 난다.

"그때는 큰 폐를 끼쳤습니다."

왕자는 고개를 깊게 숙이는 나나미를 보고 놀란 표정을 지었다.

"뭐, 신경 쓸 것 없어. 나미 양도 공작가의 체면이 있을 테니까 말이야."

"관대한 마음에 황송할 뿐입니다."

"뭘. 괜찮아. 그나저나 진짜로 변했는걸. 그 나미 양이 완전히 다른 사람 같잖아."

실제로 다른 사람이지만 말이죠.

그런 일을 생각하고 있자니 왕자의 시선이 이쪽을 향했다.

"나미 양이 이렇게까지 변한 이유. 그리고 마법을 행사할 수 있을 만한 마력을 갖지 못한 평민들로 결성된 '잔물결' 이 상급 마법을 사용하는 견습 마도사들을 격파한 건 모두 자네 지휘 덕분이라고 들었는데."

단숨에 몸에서 힘이 덜컥 빠졌다. 그럴 리 없잖아.

"그건 아닙……."

"그래요, 전하!"

그러나 부정하려는 내 말과 가로막듯 나선 나나미의 목소리가 겹쳤다.

"그의 관찰안은 범상치 않아요. 육체를 다루는 법에 관해서는 본인보다도 적성을 잘 간파하고 적확한 훈련법을 제시해 강화해 주는 명품 강사!"

"자, 잠깐만요, 아가씨?"

"음, 회복 마법을 연속으로 사용한 초회복과 마력 운용을 통한 근력 강화는 유리우스가 지도해 준 선물이었지."

"어, 어이, 슬레거?"

나나미의 말에 동조하는 동료들. 어이어이어이어이!!

"마법을 '치는' 발상 같도 유리우스 씨가 했고~."

"라이라 씨까지?!"

"방어 결계를 감지기 대신 사용한 것도. 애초에 킹 킬링에서의 작전 자체를 네가 짰잖아?"

"단체로 이야기를 부풀리지 마!!"

나는 견디지 못해 언성을 높였지만, 동료들은 태연하게 입을 모았다.

“““““하지만 진짜니까.”””””

“아하하하! 이거 참 근사한 팀워크 아닌가.”

나를 화젯거리로 삼으면서 꽤나 능숙하게 모두의 긴장감을 완화한 것 같다.

대면하고서 아직 조금밖에 이야기하지 않았는데도 나는 눈앞에 있는 왕자의 바닥을 알 수 없는 태도에 친근감과 동시에 귀찮음을 느꼈다. 어쩐지 조용히 따르고만 있다간 어느새 고급 이불을 강매당하는 듯한 사태에 처할 것처럼.

다소 무례해도 괜찮다면……. 나는 뜻을 굳히고 직설적으로 물었다.

“전하, 영광스럽게도 말로서 마음에 든 저희가 이곳에 소집된 이유를 여쭙고 싶습니다만.”

내가 그렇게 말하자 그때까지 즐겁게 웃고 있던 왕자의 눈이 스윽 날카로워졌다.

그건 왕자다운 자세를 보이던 학원에서도 보지 못한 진지한 표정으로, 아까까지 자연스럽게 왕자에게 설교를 하던 엘누아르 아가씨도 조용히 자세를 고쳤다.

이제부터가 본론이라는 거겠군.

“물론이지. 그걸 위해 자네들에게 귀중한 여름 방학 중에 일부러 시간을 만들게 한 것이니까.”

왕자는 그렇게 말하고 테이블 위에서 깍지를 꼈다.

“모두 이 나라의 성립, 건국 경위를 알고 있으려나?”

갑자기 그런 말을 해도 반응하기 곤란하다. 모두 마찬가지로 눈이 동그래졌다.

"그야…… 이 나라에서 태어난 이상은. 옛날이야기의 기본이고요……."

익숙하지 않은 존대를 사용하는 슬레거에게 모두 동조했다.

"흠, 그럼 그건 어떤 이야기였지? 스펠런카 군."

"음…… 밀크로스 숲에 인접한 나라가 매년 일어나는 마수의 범람 현상, '비스트 웨이브' 로 골치 아파할 때 그 마수를 타도하고 방파제가 되고자 건국된 것이 살바도르라고."

갑자기 주목의 대상이 되어 당황한 슬레거가 이 나라에 잘 알려진 옛날이야기를 꽤 간략하게 말했다.

"그렇지, 마수로부터 다른 나라를 지키고자 건국된 나라였지. 그렇기에 우리 나라는 '비스트 웨이브' 의 위협에서 다른 나라들을 지키는 구세주로서 외교에서도 우위에 서 있었어."

거기까지 말한 왕자는 얼굴을 찡그리고 팔짱을 끼었다.

"그러나 지금 이 나라가 그 옛날이야기 때문에 궁지에 처한 건…… 알고 있나?"

"""!!!"""

"어? 옛날이야기 때문에 나라가? 무슨 소리지?"

"그게 대체 무슨…… 말인가요?"

우리 중에서 정치에 관심이 희박한 알리시아와 라이라 씨는 약간 맹한 반응을 보였다.

그러나 귀족의 정보를 가진 나나 나나미는 물론 졸업 후에 이웃 나라로 나가 밥벌이를 하려던 슬레거도 경악한 듯했다.

왕족인 당신이 그렇게 단언해도 되느냐고.

"건국한 건 우리 살바도르 왕가의 초대 국왕, 그분이 비스트 웨이브 때 강력한 마법으로 숲에서 들이닥친 마수 무리를 물리쳤지. 그래서 이 나라에서는 마법을 지극히 특별시하는 풍조가 생겼어. 이 분제는 자네들에게도 막대한 피해를 주고 있지."

"우…… 아니, 뭐어."

말문이 막힌 슬레거. 실제로 곤경에 처해 있다곤 해도 나라의 최고위층 사람이 그런 말을 하면 설령 사실이라도 선뜻 '그렇군요.' 라곤 말할 수 없다.

그 마음은 이해한다.

"건국 이후 마력이 많고 마법을 사용할 수 있는 자들은 하나같이 귀족을 자칭하며, 어느새 우리 나라에서 '마법을 사용할 수 없는 자는 귀족이 아니다' 라는 '마력 지상주의' 가 자연스러워져 버렸지."

'마법을 사용할 수 없다' 는 말에 나나미가 손을 꾹 쥐었다. 나나미가 안고 있던 열등감의 원인은 '마력이 방대한데도 마법을 거의 사용하지 못하는 것' 이었으니까.

이 나라에서 '마력 지상주의' 의 정상에 군림하는 슈라이엔 가문의 영애이면서, 무거운 비밀과 주위의 괜한 압박 때문에 '악역 영애' 를 연기하는 것으로만 자신을 지탱할 수 있었던 나미.

그 나미를 가장 잘 아는 신세가 된 나나미에게, 평민의 처지란 남의 일이 아니다.

"그리고 부끄럽게도 '마력 지상주의'에 의한 폐해와 국내에 대한 악영향은 선대 국왕의 시대에 최악에 달했어."

이쪽 일은 이미 알고 있다. 모든 일을 마력으로 판단하고 마법을 사용하지 못하는 자는 무능하다고 내친 결과, 이 나라에 본래 있던 다양한 분야의 우수한 인재가 타국으로 유출됐다.

"현 국왕이신 아버님이 즉위하신 후에는 간신히 마력만으로 능력을 판단하는 걸 중단시켰지만, 그때의 국정은 처참한 상황이었던 모양이야."

"아, 그거라면 아버지에게 들은 적 있어! 그때까지 고분고분 선대의 말에 따르던 아들이 즉위한 순간 대신처럼 높은 직위의 귀족들이 대거 잘렸다고. 그 후에는 조금 경기가 좋아졌다던가."

알리시아 씨가 짝 하고 손뼉을 쳤다.

그 대개혁은 살바도르에서는 유명하다. 약 10년 전, 현 국왕은 즉위하자마자 마력 이외의 능력 채용을 추진했던 것이다.

"나도 그 무렵은 아직 어린애였지만…… 적어도 돈과 관련된 사무 관료의 부패와 엉성함이 말도 안 되는 수준인 건 당시의 나조차 알 정도였지."

아무래도 해고된 자들은 그런 일을 당당하게 저질러 자기 배를 채우고, 평민에게 더 많은 세금을 쥐어내려 했던 모양이다.

게다가 선대 국왕은 그 사실을 묵인하고 있던 것 같으니 더더욱 질이 나쁘다.

"아이인 나조차 눈치챌 정도로 부패한 상황, 솔직히 말해 그 때 나라의 상황은 파탄 직전이었어. 부정을 행하는 귀족들을 전부 폐하고 재산을 몰수해 국고에 환수함으로써 간신히 붕괴 직전에 멈출 수는 있었지만."

"제 아버지는 그 무렵 '슈라이엔 가문만이 착실한 건 무슨 아이러니인가' 라고 늘 이야기하고 계셨어요."

엘누아르 아가씨는 쓴웃음을 지으며 그렇게 말했다.

당시 국내에는 공작 가문이 다섯 군데 있었다. 그러나 현 국왕의 협력자였던 에델슈타인 가문, 수많은 부패 귀족이 단죄되는 중에도 전혀 부정을 저지르지 않았던 슈라이엔 가문 이외의 공작가는 그 신분을 잃고 말았다.

당시에는 엄격히 말해 정치적으로 대립하던 양 가문인데, 막상 뚜껑을 열어 보니 아군으로 생각했던 다른 가문들이 처참하게 몰락한 거니까. 실로 아이러니한 상황이었겠지.

"폐하의 개혁으로 간신히 이 나라는 붕괴 직전에 멈출 수 있었지. 하지만 국내에 만연한 문제는 지금도 해결되지 않았어. 그건 자네들도 체험해 알고 있겠지?"

부패한 귀족을 처단했다 해서 '마력 지상주의' 가 사라질 리는 없다.

마력을, 권력을 쥐고 오만하게 행동하는 놈들은 많다. 지난번 킹 킬링은 사실 그 문제가 원인이었겠지. 100년 걸쳐 배양된 사상은 역시 끈질기다.

"게다가 국정에 대한 부패는 아직도 계속되고 있으니 말이지."

응? 계속되고 있다고? 마력만으로 능력을 판단하는 건 폐지되었다고 했었는데.

"전하, 계속되고 있다니 무슨……."
내 의문에 왕자는 여전히 진지한 표정으로, 관계가 없는 듯한 이야기를 시작했다.
"나미 양, 그리고 유리우스 군. 자네들은 지난번 킹 킬링에서 상대방이 싸우는 모습을 보고…… 어떻게 생각했지?"
"그건 엘누아르 님을 '포함한' 이야기입니까? 아니면……."
왕자의 의도는 모르겠지만 대답할 때 그 부분을 확실히 해야 할 필요가 있다.
그 싸움을 평가할 때 눈앞에 있는 공작 영애를 포함하는 건 굉장히 무례한 짓이니까.
그러나 당사자인 엘누아르 아가씨는 생긋 웃어 보였다.
"신경 쓰시지 않아도 된답니다? 추측이긴 해도, 적이었던 저도 여러분과 같은 일을 생각했다는 자신감이 있으니까요."
그 말에 나나미와 나는 서로 끄덕이고서 동시에 말했다.
""바보라고 생각했습니다.""
우리가 함께 말한 순간, 객실 안에 있던 모든 사람이 빵 터지고 말았다.
왕자와 엘누아르 아가씨는 물론, 잔물결 동료들이나 대기하고 있던 메이드와 기사 여러분까지.
과연, 이곳에 있는 건 신뢰할 수 있는 사람뿐……이랬던가.
"그렇게 전원이 제자리에서 장거리 마법으로 공격만 하다간, 상대가 가까이 왔을 때 대처할 방법이 없습니다."
"엘누아르 양의 방호 결계가 없었다면 좀 더 빨리 끝났겠지요."

우리의 대답에 엘누아르 아가씨는 한참 웃은 후 한숨을 토했다.
"그렇지요? 그에 비해 '잔물결'의 책략은 '경멸'과 '공포'에 멋지게 은폐된 데다가 '가까이 못 오게 하면 이길 수 있다'고 맹신한 아군이 훌륭하게 발목을 잡기까지 했으니까요."
"역시 엘누아르 님, 당신만은 알고 계셨군요."
내가 그렇게 말하자 엘누아르 아가씨는 두 손 들었다는 포즈를 취했다.
"깨달은 건 시합 중이었으니까요. 평민을 깔보고 오만하게 행동하는 그들을 설득하기에는 시간도 부족했고요."
자신보다 못한 자들에게 지기 싫으니 결계에서 나가지 않겠다. 말도 안 되는 모순이지만, 실전 중에 그 모순을 깨달을 수 있는 자라면 처음부터 그런 싸움은 안 하겠지.
"자네들은 그렇게 전황을 볼 수 있었지만…… 유리우스 군, 상상할 수 있겠나? 그 바보 같은 전술이 이 나라 군대의 기본 전술일 경우를."
"예……?"
"안전한 거리에서 원거리 마법으로 공격하는 전술밖에 없는 군대가 국방을 담당하고 있다고 하면?"
왕자의 말에 단숨에 등골이 오싹해졌다. 아직도 계속되는 부패란…….
"전하, 설마…… 살바도르에는 근거리나 중간 거리에서 싸움을 담당하는 전사가 없다……는 말씀을……."
나는 자신의 예상이 빗나가길 바라며 억지웃음과 함께 말해 보았지만, 조금 전까지 시원스럽게 웃고 있던 왕자가 내 질문에 전혀 웃어 주지 않았다.

"선왕 시절 '마력 지상주의' 에 완전히 취한 상층부는 마법을 사용하지 못하는 자들을 업신여기고 마도사 외에는 출세할 수 없는 구조를 만들고 말았지. 그 결과 우수한 전사들은 어떻게 되었다고 생각하나?"

왕자는 다시 슬레거에게 질문했다.

아마 그의 졸업 후 진로를 라이라 씨에게서 듣고 있었으리라.

"나라의 군인이 되어도 마도사가 아니면 돈이 안 되니까, 이웃 나라로 가서 용병이 되거나 모험가라도 될까 하고…… 어?"

그 순간 슬레거가 나를 보았다. 방금 내가 왕자에게 한 말의 의미를 이해한 모양이다.

"어? 그럼 이 나라에는 군대에 쓸 수 있는 전사가 없단 말인가?!"

"그럴 수가! 정말로?!"

"?"

킹 킬링에서 각각 '배터' 와 '러너' 를 담당한 그들은 순식간에 그 위험성을 깨달은 모양이다. 그건 우리가 사용한 책략을 그대로 당한다는 말임을.

라이라 씨만은 갸우뚱할 뿐 깨닫지 못한 듯했지만.

"자네들이 지난번에 실천한 밀착 격파. 그건 이웃 나라들이 우리 살바도르와 싸우려 할 때의 기본 전술 중 하나겠지."

왕자는 무겁게 말했다. 현대 전쟁으로 비유하자면, 이 나라엔 대포는 잔뜩 있지만 ‘보병’ 이 없는 상황이다. ‘마력 지상주의’ 인 살바도르는 그만큼 우수한 마도사가 많이 있지만, 다른 나라라고 마도사가 없는 것도 아니다.

이게 단순한 대포가 아니라 움직이는 대포, 즉 ‘전차’ 라면 또 다를지도 모르겠다. 하지만 지난번 싸우는 모습을 보면 그들은 안전지대를 고집하며 한곳에서 움직이질 않는다.

‘대량의 대포 VS 보병과 대포’ 의 싸움이 어떻게 될지야 불 보듯 뻔하겠지.

“만약 현재 상황에서 전쟁이 일어날 경우 타국에 원군을 요청하거나 용병을 고용할 수밖에 없겠지.”

“타국에 원군 요청? 이웃 나라인 티브레드 말인가요? 하지만 그건…….”

“생각대로다. ‘비스트 웨이브’ 의 위협에서 다른 나라들을 지키는 방파제로서 외교상 우위에 있던 우리 나라도 지금은 약점이 드러난 상태지. 이웃 나라들, 특히 티브레드는 ‘마력 지상주의’ 때문에 나라에서 쫓겨난 자들도 많아 여차할 때 원군은커녕 적국이 될 가능성이 크다.”

왕자의 단언에 숨을 삼킨 건 나만이 아니리라.

“그래서인가요. 엘누아르 양이 공작 영애에 마도사인데도 무술을 익힌 건.”

나나미의 질문에 엘누아르 아가씨는 고개를 끄덕였다.

“국왕 폐하의 대개혁 이후에도 나라의 군대는 계속 약해져 왔어요. 폐하와 친밀한 저희 에델슈타인 가문은 힘이 될 수 있도록 어렸을 때부터 마력만이 아닌 체술도 가르쳐 왔어요. 전하와 저는 농문이기도 하고."

"전하도 그렇게 훌륭한 봉술을?"

나나미가 긴장해 묻자 왕자는 쓴웃음을 지었다.

"엘처럼 화려한 봉술은 못 쓰지. 일단 검술을 익히고는 있지만 스승님께는 아직도 '너무 힘에 의존한다' 고 지도받는 상황이라서."

"어머."

뭔가 납득이 가지 않는다.

왕자의 목적은 아마도 '이 나라의 전사 부족을 어떻게든 하고 싶다' 는 것이겠지.

하지만 그건 그렇다 치고…… 말이지.

그걸 위한 상징으로 자신이나 엘누아르 아가씨가 마도사면서 무술을 익혀 싸우는, 흔히 말하는 '마도 전사(매직 나이트)' 가 되는 건…… 뭐, 좋다.

문제는 왜 지난번 킹 킬링에서 엘누아르 아가씨가 적으로 나섰느냐다.

킹 킬링은 국내에서도 손에 꼽히는 이벤트, 마법만으로 싸우는 전술의 취약함을 드러내고 마법과 무술을 조합해 싸우는 전술의 강인함을 국민들에게 어필하기에는 딱 좋은 기회였으리라.

하지만 이번에 승리자 역할을 맡은 건 우리 '잔물결' 이었다.

나는 점점 머리가 식어 가는 걸 느꼈다.

만약 내가 개입해 '잔물결'을 결성하지 않았을 경우, 그 승패의 양상은 이전의 '마력을 자랑하는 악역 영애 나미'와 '평민에게 평판이 좋은 엘누아르 아가씨'에게 그대로 적용된다.

"전하, 자칫하면 이번에 패배하는 역할은 나미 님이 맡는 것이었습니까?"

내 발에 깃든 살기를 느꼈는지 주변에 있던 기사와 메이드들이 순식간에 경계 태세를 취했다. 역시 왕자의 호위는 우수하구나. 메이드도 호위에 들어간다는 사실에는 놀랐지만, 지금 그건 아무래도 좋다.

"상상 이상으로 눈치가 빠르군……. 슈라이엔의 집사는."

"무슨 말이야?"

내 태도를 느낀 듯한 나나미가 의아해했지만 나는 그걸 막고 계속 말했다.

"킹 킬링은 마법에만 기대는 전법의 위험성을 드러내는 공연의 일환으로, 본래라면 엘누아르 님이 나미 님을 쓰러뜨리는 시나리오였던 게 아닙니까?"

내가 조용하지만 분노를 감추지 못하고 그리 말하자, 왕자는 표정을 흐트리지 않고 입을 열었다.

"부정하지 않겠어. 나라의 약점을 알기 쉽게 국민에게 알릴 필요가 있다고 판단해 아주 이전부터 준비는 하고 있었지."

"!!"

그건 분명히 왕족으로서 나라를 강화하기 위해 필요한 연출이었을지도 모른다.

그러나 나미는 그저 마력이 많은 마도사인 척하는 소녀다. 그런 일에 휘말려 들었나가 얼마나 상처를 받았을지는 상상도 하고 싶지 않다.

나나미를 이용한 것만은 절대로 용서할 수 없어!

억누를 수 없는 분노에 전신이 떨렸다. 눈앞의 남자가 왕자라든가 왕족이라든가 하는 건 아무래도 좋아. 한 방 후려 줄까!

그러나 격정에 몸을 맡기려 한 그때, 나나미가 내 손을 부드럽게 잡았다.

"아가씨?!"

"진정하세요, 유리우스. 상대는 전하고 저는 공작가의 딸. 국정에 관련된 일에 이용되다니 오히려 영예, 자랑스러워해야 할 일이죠?"

"…………크!"

그건 '공작 영애' 로서는 올바른 답일지도 모른다.

하지만 '그녀' 를 이용했다는 일은 종자로서도 '미즈마치 유리' 로서도 납득할 수 없다.

나나미는 그런 나를 막고, 왕자가 아니라 엘누아르 아가씨를 돌아보았다.

"게다가 이번엔 휘말려 든 것이라고 해도 엘누아르 양이 패자를 맡았잖아요? 우리가 분개하는 건 도리에 맞지 않아요."

끄응……. 부정할 수 없다.

이번에는 '이용될 예정' 이었지, 실제 패자는 엘누아르 아가씨였다. 내가 슬쩍 보자 엘누아르 아가씨가 생긋 웃었다.

"유리우스 씨, 안심하세요. 그 일에 관해서는 제가 아주 충분히 의견을 말씀드렸으니까요."

'의견' 이라는 말이 나오자, 지금까지 여유 있던 왕자의 얼굴에 움찔 하고 경련이 일어났다.

한 줄기 식은땀을 흘리는 걸 보아, 엘누아르 아가씨는 제법 많은 '의견' 을 말한 것 같군.

소꿉친구인 엘누아르 아가씨에게는 약한 모양이다.

동시에 왕자의 너무나 종잡을 수 없는 태도가 신경 쓰인다.

냉정한 건지 친근한 건지 방심할 수 없는 건지……. 아무튼 확실한 건 하나, 미남은 마음에 안 든다! 나나미에게 접근하는 미남은 모두 내 적이다!

어차피 이야기를 듣지 않는 한 아무것도 알 수 없겠지.

나는 숨을 내쉬고 딱 하나만 보복한 후 분노를 거두기로 했다.

"실례했습니다. 하지만 엘누아르 님, 한 가지 부탁드리고 싶은 게 있습니다만."

"뭔가요?"

"전하께서는 자세한 설명도 없이 공작 영애를 포함해 평민까지 위험하게 만든 일에 대한 '엘누아르 님 나름의' 의견을 들으셨던 것인가요?"

내 말에 엘누아르 아가씨는 진지한 표정으로 입가를 약간 올렸다.

아무래도 내가 하고 싶은 말을 눈치챈 것 같다.

"아아, 그러고 보니 그쪽 설…… 아니, 의견은 아직 전하지 않았네요. 미안해요, 아무래도 이 일에 대한 자세한 사항은 저도 아직 듣지 못했기에."

"아뇨, 저희는 적절한 설…… 아니, 의견만 주신다면……."

"아닛?!!"

우리가 그런 말을 꺼낸 의미를 간신히 눈치챈 왕자가 창백해진 얼굴로 경악하는 소리를 냈다. 예상대로 이 왕자에게는 엘누아르 아가씨의 설교가 가장 효과가 있는 모양이다.

그만큼 무서운 설교인가 보지.

하지만 킹 킬링 사건도 원래 왕자가 평민인 라이라 씨에게 접촉한 게 발단이었다. 아무리 장래가 유망한 인재에게 눈독을 들이고 있었다곤 해도 다른 방법이 있었을 텐데.

"에, 엘? 잠깐만……."

"뭔가요? 유리우스 씨의 지금 의견에 잘못이라도 있었나요? 유리우스 씨의 행동은 종자로서 당연한 것이라고 생각하는데요?"

"아, 아니…… 저기……."

왕자가 신음하며 도움을 청하듯 이쪽을 보았지만, 씨익 웃어 주었다.

"엘누아르 님, 이후의 처우는 모두 당신께 부탁드리겠습니다."

"알았어요, 유리우스 씨. 저, 어쩐지 당신과는 매우 친하게 지낼 수 있을 것 같네요."

"영광입니다. 실례지만 저도 엘누아르 님과는 뭔가 통하는 것을 느끼고 있습니다."

막무가내인 상사를 돌보는 동지……. 그런 말이 머릿속을 스쳤다.

“그래서, 전하는 어째서 그만큼 계획했던 일을 변경해서 저희를 승자로 만들고 이곳에 모으신 것인가요?”

나나미의 당연한 질문. “전하, 이후에는 공무도 없으니 충분히 시간이 있답니다.”라는 엘누아르 아가씨의 말로 미래를 상상하고는 흐르는 땀을 닦던 왕자가 애써 말했다.

“아아, 그렇지. 결론을 말하자면…… 자네들 ‘잔물결’ 이 여름 방학 동안 임시로 성에서 근무해 줬으면 한다.”

“““““……엥?”””””

*

“이곳이 왕국 보물고……인가요.”

우리는 성안 3층 중앙부에 있는 중후한 문 안쪽으로 안내를 받았다.

거기에는 국보라 불리는 물품들이 안치되어 있었다. 보석, 장신구, 무기, 방어구, 자기와 식기, 서적류에 이르기까지 온갖 물건이 갖추어져 있는데, 하나같이 무지막지한 비쌀 게 틀림없으리라.

그렇지만 뭔가 이상했다. 눈앞에 펼쳐지는 이 광경을 어딘가에서 본 적이 있는 듯한데?

왕자의 요청을 승낙하는 조건으로, 나와 나나미는 ‘국보’ 를 보여달라고 했다.

우리의 최종 목표는 어디까지는 '원래 세계로 돌아가는 것'. 그리려면 이 나라의 국보인 '소원의 보주' 가 반드시 필요하다.

국보이기에, 지난번 공개는 건국 100년 기념식 때였다.

어쩌면 안 될지도 모른다고 생각했지만…… 조건을 들은 왕자는 "뭐야, 그런 게 보고 싶나? 그럼 지금부터 보러 갈까?" 라며 매우 가볍게 승낙했다.

특별한 용건도 없는 동료들이 덤으로 따라와도 되는 걸 보면, 국보라고 해도 왕자에게는 별로 중요한 물건이 아닌 걸까?

"헤에~ 이게 다 국보인가요……."

"앗! 안 됩니다!"

나나미가 아무렇지도 않게 말한 순간, 나는 당황해서 팔을 꽉 잡았다. 아니나 다를까, '오늘 아침에 본 미래' 대로 항아리에 닿을 듯 손을 뻗고 있었다.

"뭐, 뭐야?!"

"손대면 안 돼요……. 왜냐면."

갑자기 손을 잡혀 놀란 모양이었지만, 나는 목소리를 낮추고 뒤쪽 일행을 가리켰다.

"이건 전설 속 볼트 드래곤의 대검인가?! 끝내준다!!"

"슬레거! 이 조각상 전부 금이야! 금!"

"일단 도난 방지를 위해 늘 방호 결계 마법이 발동하고 있으니까 함부로 손대지 말게. 전류가 흘러서 못 움직이게 될 테니."

""아가가가가가가가각!""

왕자의 충고는 늦었던 모양이다. 호기심에 사로잡힌 성 아랫

마을의 악동 두 사람이 각각 어스름한 보물고 안을 비출 정도로 빛을 내고 있었다.

"저렇게 되니까요."

"알았어……."

나나미는 얼굴을 움찔거리며 얌전히 수긍했다. 순순해서 좋다.

"꺄아! 오빠!! 알리시아!!"

"행동이 빠른걸……. 왕족도 차마 건드리지 않는 물건인데. 엘! 결계 마법을 일부 중단해 줘."

"대체 뭘 하고 있는 건가요!"

그런 평민과 상류 계급의 유쾌한 회화를 흘려들으며, 나와 나나미는 보물고 중앙에 안치되어 있는 보주 앞에 서 있었다.

'소원의 보주'. 그건 그날 하교 중에 신사에서 본 것과 완전히 똑같았다.

그날 방과 후에 보았을 때처럼 조용한 빛을 내고 있다.

"설마 이렇게 빨리 도착할 수 있다고는 생각하지 못했는데."

"유리…… 드디어 왔어."

"그러네요……. 이제 돌아갈 수 있으려나?"

"하지만 우리가 이대로 돌아가도 괜찮을까? 왕자도 엘누아르 씨도 곤란한 상황이고, 무엇보다 동료들에겐 신세를 졌는데."

우리의 목적보다 먼저 남들을 생각해 버린다. 시미즈 나나미라는 사람은 처음 만났을 때부터 변함없이 다정한 여자다.

하지만 바로 그렇기에…… 나는 '그 영상'이 현실이 될 위험이 있다면 한시라도 빨리 이 사람을 돌려보내야 한다.

비록 나를 박정하다고 생각하게 되더라도.

"나나미……. 여기는 우리 세계가 아니에요. 괜히 개입했다간 '나미'와 '유리우스'의 인생에 멋대로 관여하는 거죠."

"그건……."

조금 비겁한 말이지만 잘못된 건 아니리라. 우리의 행동은 모두 그들의 이후 인생에 영향을 끼친다. 벌써 상당히 개입하고 말았고.

나나미는 잠시 생각하고는 작게 고개를 끄덕였다. 동의해 준 것 같다.

우리는 마음을 굳히고 그날 신사에서 소원을 빌었던 때처럼, 그러나 그때 이상으로 마음을 담아 손을 모으고 마음속으로 빌었다.

'돌아가고 싶어' 라고…….

하지만 한동안 기도해도 그날처럼 보주가 빛나는 낌새가 전혀 없다. 보주는 어슴푸레한 보물고 안에서 변함없이 흐릿한 빛을 낼 뿐이었다.

"어떻게 된 거지? 우리가 이 세계에 온 건 이 보주 때문이 아니었어?"

"모르겠지만……. 다른 원인이라곤 전혀……."

"뭐야, 자네들은 그런 걸 보고 싶었던 건가?"

우리가 한껏 소리를 낮추어 이야기하고 있는데, 어느새 왕자가 뒤쪽에 와 있었다.

"함정에 걸린 도적은 잘 구출했나요?"

"결계의 포박을 풀자 또 돌아다니고 있어. 튼튼한걸."

왕자는 쓴웃음을 지으며 그렇게 말했다.

비꼬는 게 아니라 이 상황을 진심으로 즐기는 듯 상쾌하게 웃는 얼굴. 어쩐지 이 환한 얼굴이 더더욱 마음에 들지 않는다! 폭발해라 미남! 젠장!!

"그런데 이 보주에 '그런 걸' 이라니 너무하신 말투가 아닌가요? 자국의 보물인데."

"왕족으로서 이런 말을 하는 것도 어떨까 싶지만, 이게 보물고 안에서 가장 미심쩍은 물건이니까 말이지."

내 말에 왕자는 어깨를 움츠렸다.

"미심쩍다뇨?"

"저걸 보게."

어? 왕자가 가리킨 것은 보주 근처에 놓여 있는 석판이었다.

상당히 낡았는지 원래는 매끈했을 모서리가 군데군데 너덜너덜해져 있다. 문자도 상당히 흐려졌지만 읽지 못할 정도는 아니다.

"이 보주에 관한 유일한 문헌이지만…… 내용이 거의 해명되어 있지 않아. 하지만 이해할 수 있는 부분만으로도 이게 왜 미심쩍은지는 알 수 있을걸?"

이 세계의 유리우스와 나미가 된 우리는 그들의 지식을 계승한 덕인지 처음부터 문자 해독 능력을 갖고 있었다. 그렇기에 이 세계의 문자를 읽을 수 있다.

그리고 원래 이 세계의 주민이 아니기에 해명이 되는 일도 있다.

우리는 석판의 내용에 할 말을 잃고 말았다.

「소원의 보주」

사용자의 '진정한 소원' 을 시험하기 위해 시련을 주는 고대의 마도구.

""………….""

"표면적인 소원이 아니라 그 사람이 진짜로 바라는 심층의 소원을 이루어 주기 위해 시련을 준다……. 정말 아무렇게나 해석할 수 있잖아. 미심쩍은 점쟁이가 흔히 할 법한 소리지.

껄껄 웃는 왕자였지만, 우리는 전혀 웃을 수 없었다.

뭐야 그거……. 표면적인 소원이 아니라 심층에 있는 '진정한 소원' 이라고? 지금 상황이 그것 때문에 주어진 시련이라고 한다면…….

석판의 문자는 좀 더 이어진다.

소망을 실현할 수 있는 환경을 시련으로 준다.

시련은 자기 혼자서는 받을 수 없다. 자신과 한 짝이 될 자가 필요하다.

모든 소원이 이루어질 때까지 저주가 풀리는 일은 없다.

저주라고 말하고 있잖아!!

왕자만이 아니라 왕국의 우수한 마도사들조차 뒤에 있는 문장의 의미는 이해하지 못한 모양이지만, 당연하겠지.

아마도 '소원을 실현할 수 있는 환경' 이란 '이세계', '한 짝이 될 사람' 이란 '바뀔 사람' 이겠지.

즉, 이번에는 나와 유리우스, 나나미와 나미를 말한다.

그리고 마지막 말의 의미는…….

"우리 넷 다 심층에 있는 진정한 소원을 실현하지 못하면……."

"돌아갈 수 없다……는 말이네요."

우리가 멍하니 중얼거리고 있자, 뒤쪽이 또 뭔가 소란스러워졌다.

"이, 이건! 신화에 나오는 최강의…… 어버버버버버버!!"

"이건 천사의 깃털로 짠 드레스잖아아아아아아악!!"

"꺄악! 전하! 전하!! 오빠와 알리시아가 또!!"

"하아, 손대지 말라고 했을 텐데……. 엘!"

"당신들 적당히 좀 하세요!!"

그렇게 말하면서 다시 도적을 구출하러 가는 왕자와 엘누아르 아가씨.

그 녀석들 당분간 그냥 둬도 괜찮은 게 아닐까?

주위에 사람이 없어진 걸 확인한 나는 '유리' 로서 '나나미' 에게 말을 걸었다.

"저기, 나나미? 그날 신사에서 바란 일은 무엇이었죠?"

"어? 꿈이 실현되도록, 액션 배우가 될 수 있게 해 달라고……."

그래, 그렇겠지. 선배의 꿈은 액션 배우였을 것이다.

그런데 TV도 없고 지구의 문화권조차 아닌 이 세계로 오게 된 건 이상하다.

하지만 나나미의 소원이 표면적인 것이었다고 보는 것도 이상하다.

나나미는 진로를 고민하고 있었다. 합리적이라고 하기도 그렇고 구체성도 없는 길을 걸어갈지 말지. 그렇게 고민하고 선택한 소원이 표면적인 것이었다고는 생각하기 어렵다.

그런 생각을 하며 자세히 관찰하다가 석판에 더더욱 작은 글자가 새겨져 있음을 깨달았다.

처음엔 너무 작아서 열화 때문에 생긴 금인가 했지만, 자세히 보면 간신히 읽을 수 있을 것 같다.

"으음, 또한 보주는 진정한 소원을 체현한다. 자신들의 소원을 무구한 마음으로 받아들여라. 대답은 반드시 자기 안에 있다……. 뭐지, 이게?"

정말이지 조금 전 왕자가 말한 대로 아무렇게나 끼워 맞출 수 있을 것 같은 내용이다.

무구한 마음으로 받아들이라고 말해도 말이지.

영문을 모르겠어서 옆을 보자, 어째서인지 나나미가 새빨갛게 된 얼굴로 입가를 누르고 있었다.

"왜 그러죠?"

"깨달았는지도 몰라……. 내 진짜 소원."

"어?! 지금 저 말로 깨달은 거예요?!"

고개를 끄덕이는 나나미. 그녀는 이 말로 이해할 수 있었던 모양이다.

"그……그건 대체 무슨 소원이죠?"

"꼭 말해야 해?"

왜 그러지? 굉장히 말하기 힘든 듯 주저하는데……. 귀엽긴 하지만.

"말하고 싶지 않다면 강요하진 않겠지만, 돌아갈 수 있는 단서가 될지도 모르니까……."

"으, 응……. 그러네……."

그렇게 말한 나나미는 결심한 듯 새빨갛게 된 얼굴을 들었다.

"내가 어째서 액션 배우가 되고 싶었는가, 그 근간을 생각해 봤더니 알게 되었어. 원래 내가 지망했던 건 액션 배우가 아니었던 거야."

"예."

"……가 되고 싶었어."

"예? 방금 뭐라고……?"

소곤거려서 듣지 못한 부분을 다시 묻자, 나나미는 자포자기한 듯 말했다.

"나는 정의의 사도가 되고 싶었어! 뭐시기 라이더처럼 멋진 정의의 사도가 되어서 평화를 지키는 히어로!!"

나나미의 말을 이해할 때까지 조금 시간이 걸렸다.

그 시미즈 나나미가, 그 선배가, 교내에서는 멋있고 씩씩하여 특히나 후배 여자아이들이 흠모하는 나나미의 꿈이 '정의의 사도 역할'이 아니라 '진짜로 정의의 사도'였다니. 그 충격적인 고백에 나는…….

"풉."

“아아아앗!! 웃잖아!!! 그래서 말하고 싶지 않았는데!!”
“안 웃었습니다! 선배답게 근사한 꿈이라고 생각했…….”
“실실거리면서 말하는데 어떻게 믿어!”
새빨개진 나나미가 그렇게 말하며 나를 붙잡고 흔들었다. 그야 웃기는 했지만, 나는 나나마의 마음속 소원을 비웃을 생각은 조금도 없었다.
엄밀히 따지면 실로 그 시미즈 나나미에게 어울리는 소원이라고 납득할 정도다.
“하지만…… 정말로 나나미의 소원이 ‘그거’ 라고 하면, 지금 상황은 뭔가 괴롭힘처럼 느껴지는데요?”
그렇게 말하자 그녀는 나를 붙잡고 있던 손을 풀었다.
“확실히 그러네……. 정의의 사도가 되고 싶은데 배역이 ‘악역 영애’ 였으니까.”
소원을 실현하기 위한 시련이라기에는 완전히 정반대의 환경에 내던져진 것 같다.
그나저나, 그렇다면 내가 바란 건?
“그러는 너는 뭘 빌었어?”
나나미의 질문에 나는 말문이 막혔다.
분명히 말해서 내가 그날 빈 것은 ‘진정한 소원’ 이 아니라고 해도 말하기 부끄럽다. 하물며 본인인 나나미에게는 절대로 말하고 싶지 않다.
‘선배의 곁에서, 꿈을 이루는 걸 돕고 싶다’ 는 게 ‘내 소원이며 최대의 욕망’ . 그때 그 이외의 소원은 떠오르지 않았다.

그렇다면 어떻게 되지? 나나미의 심층에 있는 소원, 진정한 소원에 대한 단서는 '본래 무엇이 되고 싶었던가?' 라는 원점에 있었다.

내 소원의 깊은 곳…… '선배의 곁에서, 꿈을 이루는 걸 돕고 싶다' 는 그 소원에 거짓은 없다.

하지만…… 정말 그것뿐이었을까?

정말로 나나미와 함께 있는 것만으로, 곁에 있는 것만으로 만족할 수 있었을까?

그렇다면 후배 여학생들의 '선배에게 어울리지 않는다' 는 말에 쇼크를 받진 않았겠지.

똘마니든 애완동물이든, 무슨 말을 들어도 괜찮았을 것이다.

그것만으로도 어지간하면 함께 있을 수 있다. 선배가, 나나미가 졸업할 때까지는.

즉, 시한부……. 언젠가 나나미의 곁을 떠나도 괜찮은…….

'아니다, 속이지 마라…….'

그럴 리가 없지 않나.

떨어질 생각이 있을 리가 없다.

어째서 나나미에게 어울리는 사람이 되려고 노력했던가.

어째서 나나미를 서포트하려고 각종 지식과 기술을 익혔는가.

인정받고 싶으니까, 나를 봐 주었으면 하니까, 칭찬받고 싶으니까…….

파고들 때마다 솟아오른다. 독선적이고 이기적인 욕망이.
선배가, 나나미가 나만을 봐 줬으면 한다. 물론 남자로서.
이 얼마나 이기적이고, 사악한 욕망인가.
나는 대체 항상 무슨 망상을 하고 있었던 거지?
나나미와 함께 있고 싶다는 소원은 틀림없는 진심이다.
그러나 그 전에 무엇을 바라고 있었지?
나나미와 함께 있고 싶다.
나나미와 '계속' 함께 있고 싶다.
나나미의 곁에, 육체적으로도 정신적으로도 사회적으로도.

즉 내 진짜 소원은…… 정말 좋아하는 선배와…… 시미즈 나나미와 결…….

"정신 차려!!"
"으아아! 뭐야?! 왜 그래?!"
내 외침에 나나미가 깜짝 놀란 것 같았지만 거기에 신경 쓸 여유가 없었다.
만약에 그게 내 심층에 있던 소원이라면, 정말 '이루어야만 하는 저주' 로 소원의 보주에 반영되고 말았다면…… 그, 그럴 수가!!
"가능할 리가 없잖아! 그럼 어째서 신분 차이가 이렇게 심한 세계에 온 건데!! 저쪽에서도 이래저래 어려웠는데! 공작 영애랑 종자라니 웃기지 마라, 이 망할 구슬아아아아아!!"

나는 분노에 정신을 잃고 소원의 보주를 때리려 했다. 방호 결계마저 잊고서.

“으바바바바바바바바바!!”

“으아앗! 유리!! 대체 뭘 하고 있는 거야!!”

“뭐야, 자네까지?! 자네는 괜찮다고 생각하고 있었는데……. 엘, 도적이 또 한 명 걸렸다.”

“아아 진짜, 적당히 좀 하세요! 정말 도적으로 체포할 거예요!!”

왕자와 공작 영애 두 명의 목소리를 마지막으로, 나는 반쯤 현실에서 도피하듯 의식을 잃었다.

막간1 ⚜ 데이트 대작전

수영부에서 맹연습을 한 후, 이미 해도 져서 어두워진 교사를 혼자 걷고 있습니다.

왜냐하면 앞을 걷고 있는 사치코 씨가 "연습 끝나고 볼일이 있으니까 오늘은 미즈마치랑 함께 돌아가면 안 돼!"라고 말했기 때문입니다.

대체 뭘까요? 어디에 데려가려는 건지 아까부터 여러 번 물었지만 "자자, 신경 쓰지 말고."라는 대답밖에 하지 않습니다.

결국 끌려온 곳은 2층에 있는 '시청각실'이라는 방입니다.

재촉받으며 입실하자 교단을 둘러싸듯 놓인 좌석에 이미 몇 명이 앉아 있었습니다. 다들 본 적이 있는 분들…… 정확히는 아까 함께 연습했던 수영부 사람들입니다만.

일부러 이런 곳에 모여서 대체 뭘 하는 걸까요?

"잘 왔어, 시미즈. 설마 이 비밀 회의에 본인을 부르게 될 줄은 몰랐지만."

상황을 이해하지 못해 동요하는 제게 말을 건 사람은 교단에서 있는 수영부 부장입니다.

"저, 저기 부장? 그리고 삿짱? 무슨 일인지요…… 뭐야? 이렇게 모여서는.”

무심코 공작 영애의 발투가 나올 뻔했습니다. 부장은 농요하는 저를 무시하고 사치코 씨와 시선을 교환했습니다.

“정말로 괜찮겠지, ‘사일런트 위스퍼’? 시미즈에게 말해 줘도…….”

‘사일런트 위스퍼’가 무슨 말인지 몰라 갸우뚱하는 사이, 사치코 씨가 당연하다는 듯 고개를 끄덕였습니다.

“물론이야, ‘데빌 피시’. 나는 본인에게서 정보를 얻었어. 설마 최종 타깃이 우리에게 접근할 줄은 몰랐지만 말이야.”

사치코 씨는 생긋 웃으며 그렇게 말했습니다.

아무래도 아까부터 주고받는 말은 ‘코드네임’, 작전에서 사용하는 가명인 것 같네요.

이전에 아버님께 왕국의 극비 작전에는 가명을 사용한다는 이야기를 들은 적이 있습니다.

그렇다면 부장과 사치코 씨는 뭔가 작전을 수행하는 실행 부대?

여기 온 뒤로 평화로운 환경에 정말 놀랐습니다만, 역시 평화를 유지하기 위해 다양한 작전이 전개되고 있는 것이로군요.

지금부터 비밀리에 대체 어떤 중요한 작전을 실행하려 하는 걸까요?!

“그럼 지금부터 긴소쿠 고등학교 수영부, ‘미즈마치 사랑 응원단’의 긴급 회의를 시작한다!”

콰당……. 모두 긴장해서 기다리고 있는데 공작 영애였던 내가 한심하게도 자빠지고 말았습니다. 대체 뭔가요, 그게?!

멍하게 있는 저에게 사치코 씨가 설명해 주었습니다.
"여기 멤버들은 모두 미즈마치에게 신세를 졌어. 우리는 미즈마치의 어드바이스 덕분에 빨라질 수 있었거든. 그러니까 그 녀석에게는 크게 고마워하고 있어."
"우리는 생각했지. 어떡하면 걔한테 보답할 수 있을까……. 걔가 가장 원하는 게 대체 무엇일까……. 그야 하나밖에 없잖아?"
계속해서 부장이 탁 하고 손바닥에 주먹을 부딪치며 씨익 웃었습니다. 다른 사람들도 동조해 함께 웃기 시작했습니다.
무엇을 말하고 싶은지, 그건 알겠습니다. 아마도 수영부에서 깨닫지 못한 건 본인, '시미즈 나나미' 씨뿐이었겠지요.
타인의 눈으론 미즈마치 씨의 소원을 정말 알기 쉬우니까.
본래라면 자신의 일은 아닐 텐데도 몸과 얼굴이 뜨거워집니다.
"그래, 우리 비밀 조직의 최종 목표는!"
"""""어떻게 해서든 미즈마치 유리와 시미즈 나나미를 사귀게 하는 것!!"""""
부장의 말에 반응해 목소리를 맞추어 외치는 사람들.
이건 저라도 압니다……. 여러분, 분위기에 취하셨네요.
"우리 예정은 '미즈마치가 고백하게 하는' 방향으로 가는 것이었지만, 설마 그 둔감 여왕이 자진해 다가설 줄이야……. 예상 밖이지만 기쁜 오산이야!"
"아니아니, 그것도 그의 노력이 결실을 본 결과겠죠. 적장이 아군이 되었으니 아예 단번에 치고 들어가도 되지 않을지?"

"흠, 시미즈가 미즈마치에게…… 괜찮군."

"사, 삼깐요?! 치고 들어가다니 무슨 소리인가요?!"

뭔가 뒤숭숭하게 들리지만 결국 저한테 뭔가 시키려고 한다는 것만은 이해할 수 있습니다. 여러분은 뭘 시키려는 거죠?

"그럼 역시 오늘의 긴급 회의는 데이트 플랜 작성이겠군……."

데이트?! '데이트' 란 그거죠? 남자와 둘이서 외출하는…… 잠깐잠깐잠깐! 잠깐만 기다려 주세요!

저는 원래 세계에서도 남자분과 외출한 적이 없는데.

"잠깐 기다려 주……."

"드라마틱한 데이트 플랜이라면 저, 코드네임 '포엠' 에게 맡겨 주세요."

"장소는 어떡하지? 영화관? 유원지?"

"영화는…… 크, 안 되겠어. 이번 주말의 영화는 액션이나 특촬 히어로물뿐. 좋은 분위기를 연출하려면 역시 유원지 쪽이……."

"저기! 아직 마음의 준비가……."

여러분은 들떠서 도통 수습이 될 것 같지 않습니다. 역시 저는 너무 선불리 상담했던 걸까요?

"어이―― 너희! 뭘 하고 있는 거야!!"

그때 시청각실의 문을 힘껏 열고 들어온 인물이 있었습니다.

입가의 점과 굴곡 있는 체형 덕에 간소한 '트레이닝웨어' 차림으로도 여자의 매력을 잃지 않는 수영부 고문 키슈 선생님입니다.

하교 시간이 한참 지난 시간까지 멋대로 학원 시설을 사용하고 소란까지 피우고 있으면 혼나는 게 당연하겠지요.

지금까지 들떠 있던 사람들이 몸을 떨고, 찬물을 끼얹은 듯한 정적이 찾아왔습니다.

약간 안심했습니다. 아마도 이후에 선생님께 혼나겠지만, 아까 상황에 비하면 훨씬…….

"선생님 빼고 회의를 시작하다니 어떻게 된 거야! 게다가 오늘은 당사자가 낀 중요한 회의잖아?"

"늦어요, '서전트'. 의제는 이미 데이트 플랜까지 넘어갔답니다."

"거기까지 진행되어 버렸어?! 고백 같은 이벤트는?!"

"그쪽은 아직이에요. 지금은 연출 방향으로 논의를……."

"오케이, 늦진 않았네. 옛날에 익힌 솜씨를 보여줄 때잖아!"

팔을 걷어붙이고 위화감 없이 긴급 회의에 끼어드는 수영부 고문 선생님의 모습에 또 힘이 빠졌습니다.

그러고 보니 그랬지요……. 미즈마치 씨를 응원하는 사람들은 '수영부 전체' 였어요.

"어느 정도면 작전상 접촉을 허가할 수 있나요, '서전트'?"

"도를 넘지 않는 선이라면…… A까지라면 너그럽게 봐주죠."

"적당히 해 주세요! 첫 데이트에서 어디까지 시킬 생각인가요!!"

어느새 첫 데이트를 승낙했음을, 저는 귀가를 마친 후에야 깨달았습니다.

2장 《미션》여름 방학 한정 아르바이트

작위가 있는 귀족은 빈번하게 모임을 개최한다. 뭔가를 기념해 열리는 대대적인 파티는 물론이고 오찬 모임이나 소규모 술자리 등.

평민들 눈에는 '저것들은 매일 우리 세금으로 놀고 있다' 고 보이기 십상이지만, 이런 모임은 귀족에게 중요한 업무다.

다른 나라의 정세나 경제, 자국 내 생산율이나 납세 상태, 다른 귀족령의 경제 상황에서 파급되는 자신들의 이익, 또는 불이익 등의 정보를 수집하고.

또는 다른 귀족끼리 교섭을 통해 결속을 강하게 하거나 결속이 풀리거나 한다.

정치적으로 동지인가, 아니면 적인가. 그런 속내를 살피는 장소로, 말하자면 회의의 일종이라고도 할 수 있는 것이다.

그리고 그건 여자들 모임도 예외는 아니다.

귀족 부녀자만 모이는 '다과회' 에는 귀족 부인이나 영애가 하나같이 기합을 넣어 몸단장을 하고 임하는 것이다.

오늘 살바도르 왕성 정원에서 열리는 다과회에 모인 귀족 계급의 부인이나 처녀는 모두 눈부시게 치장하고 이야기를 나누고 있었다.

거기에도 귀족 특유의 의미가 있으니, 그 차림새로 자신의 영지와 가문이 이렇게까지 치장할 수 있을 만큼 윤택하고 번영하고 있음을 드러내는 것이다.

아무튼 국내 귀족이라고 해서 아군이라고는 할 수 없으니까.

빈틈을 보인 순간 다른 귀족들이 '통치 능력 없음'이라는 딱지를 붙일지도 모르고, 반대로 번영하고 있다고 생각하게 만들면 작위가 높은 가문과 혼인 관계를 맺을 수 있을지도 모른다.

물론 '그런 일'에만 정신이 팔려 영지에서 세금을 과하게 긁어내 주민들에게 원망을 받는 귀족도 많이 존재한다.

왕국의 귀족 사회, 매일 살바도르 왕성에서 열리는 다과회. 귀족 부인과 처녀에게는 초대를 받기만 해도 명예라고 하는 모임.

그리고 왕가에서 이 다과회의 주최를 위탁받는 것은 귀족에게 최고급 영예.

지명된다는 건 왕가의 신뢰를 받고 있다는 것과 같은 뜻이다.

화려하고 고요한, 고귀한 귀족의 다과회.

얼핏 그렇게 보이는 이 다과회지만…… 일반적인 성인 남자, 심지어 원래는 서민인 유리가 끼어들었다간 위염이 생겨도 이상하지 않을 만큼 차갑고 뜨거운 여자의 전장이었다.

그곳에, 공작과 물까치를 더한 듯한 드레스를 입은 아가씨가 간소한 드레스를 입은 백작 영애에게 접근했다.

"그간 격조하셨어요? 일전에는 큰일이 있었다면서요. 그만 평민에게 상처를 입으셨다고 해서…… 저는 정말 걱정했답니다?"

“호호호.” 하고 주위 아가씨들과 함께 웃는 모습에서 걱정이라곤 요만큼도 하고 있지 않음을 엿볼 수 있다.

“뭘요. 염려하실 것 없답니다. 저희는 생채기 하나 나지 않았으니까요.”

백작 영애는 어금니를 악물고 피라도 토할 듯한 기세로 답했다.

이 아가씨는 일전의 킹 킬링에서 엘누아르와 함께 싸우고, 처참한 패배를 맛본 사람 중 하나였다.

그날 이후 이런 비방을 당하는 지경에 처했다.

“어머나! 그럼 당신은 상처 하나 입지 않고 패배했단 말인가요? 확실히 지난달에 만났을 때처럼, 촌티 나는 평민 복장이 잘 어울리는 얼굴에 딱이로군요. 마도사로서 명예롭게 다쳤다면 조금은 드레스에 어울리는 얼굴이 되었을 텐데.”

“큭…….”

대놓고 부채로 입가를 숨기고 비웃는 귀족 영애. 하지만 웃음소리는 사방에서 들려왔다.

즉, 비웃고 있는 건 눈앞의 부인, 처녀들만이 아닌 것이다.

백작 영애는 피가 흘러도 이상하지 않을 만큼 주먹을 쥐고 굴욕을 참았다.

킹 킬링 패배, 그건 상급 마법 사용자만으로 결성된 ‘엘누아르 진영’에 있을 수 없는 사건이었다.

평민들을 일방적으로 유린하고 마법에 대한 공포를 떠올리게 하여 마도사인 귀족에 다시는 반항할 생각하지 못하게 하려는 선전.

그리고 겨우 중급 마법밖에 쓰지 못하는 주제에 공작 영애 나미가 친하게 지내고 있는 남작 영애 미레네와 릴리안에게도 분수를 알려줄 절호의 기회였다.

그런데 막상 분수를 알게 된 것은 자신들.

일방적인 유린은 무슨. 자신이 더 뛰어나다 생각하고 있던 마법은 가볍게 피하거나 요격당해 맞추지도 못했다.

한순간 생긴 틈에 달려들어 찍어내리는 무수한 칼날.

모든 것이 첫 경험이었다.

진짜 죽음의 공포. 킹 킬링에서는 특수 결계 덕분에 죽음에 이르는 일이 없지만, 그때는 그런 걸 생각할 여유가 없었다.

자신들이 느낄 리 없었어야 할 공포가 물리적으로 강렬하게 덮쳐들었으니까.

'마법이 없어도 평민은 마법사를, 귀족을 압도할 수 있다'.

그저 무서웠다. '마력 지상주의' 라든가, 귀족의 긍지라든가, 마도사의 자존심 같은 사소한 것은 내던지고 도망치고 싶을 정도로.

"당신이…… 뭘 안다는 건가요."

공작 물까치 드레스의 영애는 매섭게 노려보는 백작 영애를 강하게 비웃었다.

"흥, 평민 따위에 뒤처지는 사람보다는 많은 걸 알고 있답니다? 결국 여러분은 야만스럽고 미천하며 힘에만 의존하는 싸움에 패배한 '마력 지상주의' 의 수치로……."

계속 비꼬려던 영애의 말이 갑자기 멈췄다.

백작 영애가 의아해하는 동안 상대는 자신의 등 뒤, 문이 있는 곳을 보고는 할 말을 잃고 입가를 가리는 부채를 떨어뜨리고 말았다.

'대체 뭐가…………!!'

덩달아 뒤돌아본 백작 영애도 거기에 있는 인물을 보고 할 말을 잃었다.

눈을 끄는 것은 그 모습이었다.

드레스란 갈비뼈를 부술 정도로 코르셋을 단단히 조이고 입는 게 기본인데, 그 인물은 상식을 완전히 무시하고 있었다.

진홍 광택을 띠면서 착 달라붙은 옷은 몸의 선을 확연히 드러내고 만다.

하지만 어깨와 가슴, 허리와 다리의 멋진 곡선은 코르셋 같은 인공적 교정 속옷을 전혀 사용하지 않고 만들어진 것이다.

몸매가 훤히 드러나는 옷에서 희미하게 윤곽을 드러낸 복부에는 배꼽을 중심으로 선이 보였다. 교정 속옷을 사용하지 않은 것은 한눈에 알 수 있었다.

더더욱 눈에 띄는 것은 양팔과 대담하게 트인 드레스 자락에서 보일 듯 말 듯한 각선미.

자신의 몸매에 자신감이 없으면 절대로 할 수 없는 차림새였다.

양쪽 귀 위로 모은 두 개의 경단이 성숙한 여성미에 절묘한 애교를 덧붙이고 있다.

피부 노출이 많은데도 누구 하나 '상스럽다' 고는 생각할 수 없는 양식미가 있었다.

그런 '*차이나드레스' 를 멋지게 차려입은 나미 슈라이엔은 같은 차림의 남작 영애 미레네, 릴리안과 함께 당당한 발걸음으로 입장하면서 낭랑한 목소리로 말했다.

"여러분, 오늘도 살바도르 성의 다과회에 와 주셔서 정말로 감사합니다. 주제넘지만 오늘의 주최는 저, 슈라이엔가 당주 게리온의 딸 나미가 맡게 되었습니다. 부디 느긋하게 환담을 나누어 주세요."

회장에 모인 사람들의 시선은 나미에게 못 박혀 있었다. 육체적인 아름다움을 숨기지 않고, 한층 강조해서 드러내는 의상. 그 모습은 숨을 삼킬 정도로 아름다웠다.

여자들은 공작 영애가 추가로 꺼낸 말에 귀를 의심했다.

"저희는 이 체형을 한 달 동안 운동해서 만들었답니다."

눈앞의 미는 천성적인 것이 아니라 만들어진 것이다.

그리고 자신도 그걸 손에 넣을 수 있을지도 모른다……. 그런 생각이 들게 하기에 충분한 말이었다.

"다음에는 이 체형을 추구하는 다과회를 개최하겠어요. 괜찮으시다면 여러분도 참가해 주시면 좋겠네요."

마도 왕국 살바도르는 '마력 지상주의' 의 폐해로 몸을 움직이는 일은 야만적으로 여기는 사상이 강하다. 그러는 한편으로, 코르셋으로 몸을 조여서 허리를 가늘게 보이는 것을 아름답다고 평가하기도 한다.

---

* 차이나드레스 : 청나라 시대 만주족에서 기원한 의상인 치파오. 그중에서도 여자들이 입는 원피스 타입의 옷을 일본에서 가리키는 말.

명백하게 모순된 그 사상 때문에 모든 무장(교정 속옷)을 해제한 자신의 모습에 절망하는 귀족 부인과 영애는 적지 않다.

다른 나라에서 '밤에는 실망하는 살바도르 귀족' 이라고 말하고 있을 정도다.

"호호호……. 싫어라. 평민처럼 몸을 움직여야 하다니……."

"그러게요. 나미 님도 참 괜한 장난을……."

야만스러운 행동이라며 야유하는 공작 물까치 영애와 그 주변인들.

그러나 이전에 패배를 맛본 백작 영애는 비난할 마음이 들지 않았다.

'그렇게 경멸했기에 나는 패배했어. 나도 나미 님 말처럼 한 달 만에 저런 몸이 될 수가 있다면…….'

그 자리에 있는 자는 더 이상 '마력 지상주의' 로 시야가 좁아졌던 백작 영애가 아니었다.

굴욕적인 패배를 경험했지만 다음 싸움에 대비해 새로운 무기를 얻으려 결의하는 무사였다.

훗날, 그 백작 영애는 나미 본인에게 이전의 일을 정식으로 사죄하고 제자로 받아들여 달라고 탄원한다. 참가한 교실에서 공작 물까치 영애와 재회해 죽을 만큼 어색해지지만, 그건 또 다른 이야기이다.

한편 허리에 손을 대고 당당한 모습을 보이는 나미와 달리, 양 옆에 선 남작 영애 두 사람은 얼굴을 붉히고 머뭇머뭇하고 있었다.

"나미 님~. 이 모습은 역시 부끄러워요~."

"무슨 말을 하는 건가요, 미레네. 킹 킬링 때의 복장이 훨씬 노출이 심했는데요."

"아니…… 그, 움직일 때마다 힐끔힐끔 다리가 드러나는 게 부끄럽다고 할까……."

대놓고 개방한 수영복보다 조금씩 보일락 말락 하는 차이나드레스가 부끄러움을 더 유발하는 듯했다.

"뭐, 이것도 일단 우리 '아르바이트의 일환' 이니까 그만둘 수는 없어요. 지금은 당당히 드러내야지."

"그치만 아까 지나간 근위대장님 얼굴도 빨갰는데요."

"저…… 저도 마도학사 선생님에게…… 저기……."

얼굴이 빨개진 두 사람이 언급한 사람들은 살바도르에서도 가장 출세하고 있는 미남이자 독신남으로, 귀족 영애들이 호시탐탐 노리고 있는 유망주였다.

부끄럽지만 싫지만도 않은 낌새를 감지한 나미는 씨익 웃어 보였다.

"어머, 잘했어요. 다들 인생 역전의 기회예요! 힘내요!"

""나미 님~~~~~!""

*

왕성에서 왕자와 이야기한 뒤 저택에 돌아온 나와 나나미는 둘이서 다음 작전 회의를 하고 있었다. 바닥에 그냥 앉는다는, 변함없이 귀족 영애와 주종답지 않은 모습이라 저택의 다른 사람들에게는 결코 보일 수 없는 상태다.

"아무튼 곤란해. 마음속 진정한 소원을 이뤄야 한다니……."

"그러게…… 말이에요."

나는 다리를 펴고 살랑살랑 움직이고 있는 나나미에게 적당히 맞장구를 쳤다.

"그래서 말인데, 유리는 자기의 진정한 소원이 뭔지…… 아직 모르는 거야?"

"앗, 네……!! 유감이지만 지금은 전혀."

내 소원이 '당신과 맺어지는 것' 이라고 말할 수 있을 리 없는 지라, 나는 현재 '짚이는 곳이 없다' 고 얼버무리고 있다.

보물고에서 의심스러운 행동을 한 후이니 신뢰가 안 가는 변명인 건 알고 있다.

사실 나나미도 게슴츠레한 눈으로 "정말이야~?" 하고 다그치지만 여기에 대해서는 입이 찢어져도 말할 수 없다.

그러나…… 원래 세계에 돌아가는 조건이 '그것' 일 경우, 언젠가는 본인이 알게 된다. 알아야…… 하지만.

원래 세계에 있을 때였다면 단순히 내가 용기도 없는 겁쟁이라고 단언할 수 있다.

하지만 번거롭게도, 저 '소원의 보주' 의 저주를 푸는 조건이 '그것' 이라면…… 상황이 다르다.

'진정한 소원을 이루는 것' 이 귀환 조건이라면, 내가 차인다=

원래 세계로 돌아갈 수 없다는 뜻이다.

"응? 왜 그래?"

"아뇨……."

의아해하는 얼굴로 나를 보는 나나미의 얼굴은 평소대로. 내가 독선적이고 악질적인 감정을 품고 있다고는 조금도 의심하지 않는 '나나미'의 얼굴이다.

아니, 얼버무리는 건 그만두자.

결국 나는 두려운 것이다. 다른 세계에 오게 된 이유 중 하나가 내 그런 욕망 때문임을 나나미가 알았을 때, 이 얼굴을 다시는 보지 못할지도 모른다고 생각하면, 귀환과 상관없이 거절당할지도 모른다고 생각하면…… 무서워서 견딜 수가 없는 것이다.

결국 나는 지금도 내 형편만 생각하고 있는 건가!

"우웅~. 뭐, 알게 되면 그때 가르쳐 줘. ……아니, 가르쳐 주지 않아도 소원이 이루어지면 상관없으려나."

"죄송해요……."

그렇게 선뜻 말해 주는 나나미의 다정함이 고맙고 미안하다.

나는 자신에게 용기가 없음을 자각하면서, 일단은 나나미의 소원을 우선하자고 제안했다.

"그래서 선배가 생각하는 정의의 사도는…… 어떤 거죠?"

"직접 물어보면 부끄럽네."

나나미는 무릎을 모아 앉고는 뺨을 붉혔다.

뭐, 그렇겠지. 뭐시기 라이더가 되고 싶다, 뭐시기 전대에 들어가고 싶다는 꼬마에게 '왜?'라고 진지하게 묻는 셈이니까.

"그렇게 냉정하게 질문을 받고 생각하면, 애초에 정의의 사도란 뭘까? 알기 쉬운 악당이라도 있으면 좋겠지만……."

"알기 쉬운 악당……이라."

가장 먼저 떠오르는 것은 '마력 지상주의'를 내걸고 라이라 씨 같은 평민들을 괴롭히던 귀족들이지만, 그게 알기 쉬운 악당이냐고 물으면 망설이게 된다.

"귀족들이 악의 전투원 역할이라면 엘누아르 씨가 여자 간부일까? 싸움 중에 세뇌가 풀려서 동료가 되는 타입……이라면 색은 블랙이나 실버?"

나나미는 입가에 검지를 대고 생각하고 있지만, 어느새 악역 문제가 아닌 엉뚱한 방향으로 사고가 흘러갔다. 저기요…….

"특촬물 생각은 그만두세요!"

내가 말하자 나나미는 퍼뜩 정신이 든 듯했다.

"아, 그, 그러네……. 나도 모르게 그만."

나나미는 어색하게 뺨을 긁었지만, 곧 복잡한 표정을 지었다.

"그렇지만 유리. 특촬물처럼 명확한 악당이라도 나오지 않는 한, 정의의 사도가 되기는 어렵지 않을까?"

"또…… 괜히 철학적인 이야기를 하시네요."

하지만 나나미의 말도 일리가 있다.

특촬물을 좋아하는 선배지만 맹목적으로 '정의의 사도가 된다!'고 말할 연령은 한참 전에 지났다. 나쁜 짓을 했으니까 물리친다는 단순한 사고방식을 가질 수는 없는 것 같다.

"킹 킬링 때도 의협심이 없지는 않았지만, 귀족들의 오만한 태도에 화가 치밀어서 싸움을 거는 느낌이 강했고."

"그건 저도 마찬가지에요. 애초에 스포츠를 무시당한 느낌이었고."

평민을 깔보던 귀족들을 평민의 힘으로 무릎 꿇린다. 그리고 나서 함께 '꼴좋다!' 라고 말해 줄 생각으로 지옥 훈련을 했던 것이니까.

"우리가 한 일이 틀렸다고 말하는 건 아니거든? 라이라나 다른 사람들이 상처받는 걸 잠자코 보고 있을 수도 없었고."

"그야 그렇겠죠. 생각보다 먼저 드롭킥을 날리는 사람이 이제 와서……."

내가 쓴웃음을 섞어 말하자, 나나미는 한숨을 내쉬며 천장을 올려다보았다.

"친구를 도운 건 잘못이 아니라고 생각하거든? 하지만 폭력에 감정적으로 폭력을 쓰는 게 정의의 사도인가 하면……."

감정대로 싸운 자신은 정의의 사도가 아니고, 폭력을 감정적인 폭력으로 갚으면 정의가 아니라는 걸까.

뭐라고 해야 할지, 실로 이 사람다운 윤리관이다.

그렇게 생각하니 어쩐지 기뻐졌다. 역시 이 사람은 내가 동경하는 시미즈 나나미다.

"왜 웃는 거야?"

불만스러운 듯한 말에, 나는 그만 웃고 있었음을 깨달았다.

"아뇨……. 선배는 그대로도 괜찮지 않을까 해서요."

소극적이라고 하면 나쁘게 들릴지도 모르지만, 뭐든지 적극

적이고 긍정적인 사람이 변변한 인간일 리가 없다. '나한테 반하지 않는 여자는 없다', '내가 세계에서 제일 예쁘다', '내가 돈이 더 많으니까 잘났다', '나는 훌륭한 인격자이고 좋은 사람이다'…… 등등.

그중 하나가 이 나라의 전형적 '마력 지상주의'가 내거는 '마력이 많고 마법을 쓸 수 있는 자가 정의'라는 사고방식이겠지.

나나미가 자신의 행동을 고민하는 한, '정의의 사도'에 어울리는 게 아닐까?

"그렇지. 이럴 때 아스루 왕자의 부탁을 이용해 보죠."

"왕자의?"

"어쩐지 너무 좋은 사람처럼 보여서 미심쩍긴 해도, 하는 말에는 일리가 있으니까요."

"그래? 싹싹한 오빠 느낌만 들었는데?"

나나미는 호의적으로 보는 것 같지만, 나는 절대로 그 왕자가 가까이 오게 두고 싶지 않다.

환몽 마법으로 '왕자의 약혼자로서 살해당하는 나미'를 보고 말았으니까.

아니, 시미즈 나나미에게 접근하는 좋은 남자는 다 적이다!!

*

왕자의 부탁으로 여름 방학 동안 성에서 일하는 우리 '잔물결' 멤버들은 각각 다른 곳으로 배치됐지만, 하는 일은 같았다.

"다시 말해 자네들이 이 나라에 만연해 있는 '마력 지상주의'에 대한 의식 개혁을 도와줬으면 해."

왕자가 진지한 표정으로 우리에게 의뢰한 것은 '마력 지상주의'에 집착하는 살바도르 왕국에 '반(反) 마력 지상주의'의 유용성과 이점을 퍼트리는 일. 그걸 위해 우리를 각 부서로 보낼 생각인 것 같다.

투입 내역을 보면, 나나미를 포함한 귀족 영애 그룹은 여자들을 중심으로 한 인맥을 만들고자 사교계로.

나, 슬레거, 알리시아 씨, 잔물결의 다른 멤버들은 마도사가 아니면 출세할 수 없다는 왕국군으로.

라이라 씨는 왕국 마도 연구실에 마도구 세공인으로. 특별 고문 역할이라고 한다.

"구체적으로 어떻게 하라고 명령할 생각은 없어. 그저……마음껏 해 줘!"

하고 싶은 말에 공감하지 못하는 건 아니다. 나도 마력을 우선하는 이 나라의 체질에 진저리가 났으니까.

하지만 잘생긴 남자에겐 아무래도 거부감 생긴다고 할까. 평범한 남자는 속도 좁냐고 따지면 차마 부정하기 힘들다…….

결국 우리 사정도 고려한 끝에 받아들인 거지만.

그런 경위로 오늘 다시 성에 집합한 우리는 각자 일하러 갈 부서로 흩어졌다.

사실 나는 집사이니까 주인 아가씨인 나나미 곁에 붙어 있고 싶지만, 이번에는 아무래도 역할 때문에 어쩔 수 없다고 한다.
그리고 현재 나는 의기양양하게 배속 부서로 안내해 주는 엘누아르 아가씨를 따라 걷고 있었다.
"엘누아르 님, 다른 사람들은 어디에 배속되었습니까?"
"어디 보자……. 알리시아 씨네는 제1병단이었던가요."
"제1병단?! 그 사람들이?!"
이 나라의 군은 크게 다섯으로 나뉜다. 뭐, 알기 쉬운 차별 의식 탓에 '1등상이 제일' 이라고 생각한 귀족 중심의 마도사들은 하나같이 제1병단에 모여 있다. 애들도 아니고 말이야.
제1병단, 마력이 많은 귀족 마도사.
제2병단, 마력이 고만고만한 귀족 마도사.
제3병단, 마력이 많은 평민 출신 마도사.
제4병단, 마력이 고만고만한 평민 출신 마도사.
제5병단, 전시에 실용성 있는 마법을 쓰지 못하는 마력이 적은 평민…… 순서다.
제5병단으로 이동 중인 내가 맡을 일은 대충 이해할 수 있다. 아마도 병단의 강화, 일전에 한 특별훈련과 같은 것이겠지.
하지만 그렇다면 다른 잔물결 멤버의 배치 이유를 잘 모르겠다.
까놓고 말해서 '마력 지상주의' 에 가장 집착하는 무리 한복판 아닌가.
"이리 말하는 것도 좀 그렇긴 한데, 그들은 확실히 강하지만 마법은 전혀 못 쓰는데요?"
내가 그렇게 말하자, 무엇을 걱정하는지 눈치챈 엘누아르 아가씨가 가볍게 웃었다.

"괜찮아요. 전하가 바란 건 마도사가 아니에요. 그들은 어디까지나 '배터'와 '러너'로 보낸 것이니까요."

"그래도 괜찮은가요?"

우리 '잔물결'은 근본이 '대(對) 마도사 부대'로, 쉽게 말하면 마도사의 허를 찌르는 천적이다. 그런 그들의 활약을 기대하고 배속시켰다니…… 분위기가 썩 좋지 않을 것 같은데…….

심지어 기본이 평민을 깔보는 마도사와 저항하는 평민이니 문제가 일어나지 않을 리 없다.

엘누아르 아가씨는 내 걱정을 헤아린 것처럼 한숨을 쉬었다.

"저도 그들의 배속을 걱정하고 있어요. 정확히 말하면 잔물결 여러분이 아니라 제1병단을…… 말이지만요."

정말로 곤란한 듯한 표정을 짓는 엘누아르 아가씨에게 거짓은 없어 보였다. 냉정하고 침착한 인상이지만, 기본적으로 일관되게 성실한 자세를 유지하고 있다.

역시 뭔가 속셈이 있는 건 아스루 왕자 쪽일까.

"전하는 언제나 그런 느낌이신가요?"

나는 다양한 의미를 담아 물었다.

엘누아르 아가씨는 잠시 당황한 것 같았지만, 아무래도 내가 그 미남을 마음에 들어 하지 않는다는 걸 깨달은 듯했다.

"역시 경계하시는군요. 나미 님의 집사로서."

"경계한다고 말할 정도까지는 아니지만, 아가씨에게 위험이 생길 가능성은 간과할 수 없으니까요."

말이 심하다거나 박정하다는 소리를 들어도 상관없다. 내게 가장 중요한 것은 나라가 아니라 주인인 나미, 시미즈 나나미다.

왕족이니 귀족이니 하는 이야기는 솔직히 아무래도 좋다. 그런 시답잖은 것 때문에 나나미를 위험한 처지로 몰아붙이려 한 녀석을 신용할 수 없다.

"정말로…… 죄송해요. 당신의 소중한 분을 이용하려는 듯한 짓을 해서."

"그만둬 주세요, 엘누아르 님. 당신이 사죄하시면 제가 더 송구합니다. 게다가 아가씨께서 말한 대로 이번에는 엘누아르 님께서 패자 역할을 맡았으니까요."

나는 머리를 숙이려는 엘누아르 아가씨를 슬쩍 말렸다. 죄책감이 깃든 눈빛은 '남동생의 잘못을 사죄하는 누나' 처럼도 보인다.

"전하도 이번에는 일을 너무 서두르고 있는 듯해요. 그분도 선대 국왕의 시대에 잃은 것이 이것저것 많았거든요."

아스루 왕자는 자타가 인정하는 '반 마력 지상주의'. 근본적으로 '마력 지상주의' 밖에 없는 듯한 왕성에서 자란 어린 시절에 다양한 트라우마가 생겼으려나?

"지금의 전하는 마법을 사용하지 않고 '마력 지상주의' 를 격파한 당신들의 등장에 약간 들떠 계신 듯해요……. 부끄러운 일이지만요."

우리는 새로운 장난감인가. 무심코 내뱉을 뻔한 말을 필사적으로 삼켰다.

엘누아르 아가씨와 그런 이야기를 나누며 안내를 받아 성 깊숙한 곳으로 이동하고, 계단을 내려갔다.

그리고 엘누아르 아가씨는 투박한 문 앞에서 멈추었다.

"이곳이 제5병단의 단장실이랍니다."

도착한 장소는 역시 예상대로 성 안쪽의 지하. 당연히 햇빛이 잘 들어오지 않아 약간 어둡다.

"이곳에서 제5병단의 위치를 생각하면 예상할 수 있긴 했는데."

이래서야 살바도르의 병단 중에서 대우가 꽤 나쁜 것 같다.

엘누아르 아가씨를 따라 열린 나무 쌍바라지 문을 지나갔다. 그리고 거기에 펼쳐진 모습, 어떤 의미로는 환경에 어울리는 배타적인 상황에 신음하고 말았다.

"우와~~~."

상당히 넓은 방인데도 중앙에 모여 있는 책상 위는 엉망진창. 서류나 수상쩍은 광고지 같은 게 뒤죽박죽 섞여서 무엇이 중요한 서류인지도 모르는 상태. 병이나 먹다 만 음식 같은 게 있는 접시도 있어서 모두가 쓰레기로 보였다.

그렇게 난잡한 상태에서도 책상 앞에 앉아 있는 자들이 다섯 정도 보였다.

하나같이 떠들거나 담배를 입에 물고 있는 등 제멋대로 행동하고 있었다. 갑자기 들어온 나와 엘누아르 아가씨도 힐끔 봤을 뿐 아무런 반응도 없다.

뭐지? 이 무법자의 소굴은…….

엘누아르 아가씨는 그런 녀석들을 전혀 신경 쓰지 않고 성큼 성큼 안으로 들어가 가장 안쪽 책상에 다리를 올리고 담배를 피우고 있는 요염한 분위기의 여자에게 말을 걸었다.

"카렌 단장! 오늘부터 제5병단에 배속된 임시 단원을 데려왔어요!"

아무래도 이 누님이 단장인 듯했다.

단장은 엘누아르 아가씨의 목소리에 비로소 우리를 깨달은 듯 흐릿한 눈동자를 이쪽에 향했다.

"어라, 엘이잖아. 이런 폐급 창고에 무슨 용건이야?"

"그러니까, 임시 단원을 데려왔어요! 이쪽은 여름 방학 동안 임시로 제5병단에 배속된 유리우스 슈피겔 씨예요!!"

"처, 처음 뵙겠습니다. 슈피겔 남작가의 장남인 유리우스 슈피겔입니다."

"여름 방학~? 뭐야, 학생이야?"

흐트러진 차림에 담배 연기를 피워 올리는…… 미인이지만 선정적이라기보다는 배타적인 느낌인 단장이 코웃음을 쳤다.

"흥, 상층부는 이제 폐급만이 아니라 공부 중인 도련님까지 보내게 된 거야?"

"하항~ 이거 좋구만. 우리 다음 임무는 애 보기란 말이지!"

다른 녀석들도 단장의 말에 동조한 것처럼 일제히 웃기 시작했다.

뭐랄까, 완벽한 낙오자 전시장 같다.

"뭐가 어쨌든 작위를 가진 귀족님이 출세할 가능성도 없는 '폐급 창고' 인 제5병단에 오다니……. 대체 뭔 짓을 한 거야?"

단장은 연기를 뱉으며 비웃듯 말했다.

"뭔 짓을 했냐고 하셔도…… 성에서 호출을 받아 여기에 왔다고밖엔 할 수 없군요."

"푸하하!! 뭘 했는지도 모르는 동안 이런 곳에 왔단 말이야?"

단장은 참지 못한 웃음을 터트리며 계속 말했다.

"알겠어, 도련님? 여기 있는 녀석들은 모두 이 나라의 군대에서 도움이 안 된다는 칭호를 받은 '폐급' 이야. 제대로 마법을 쓸 수 있는 녀석이라곤 하나도 없어. 출세할 구석이라곤 요만큼도 없으니까 잘 보라고. 어쨌든 엄연한 왕국군 병단의 단장실인데 이 꼬라지잖아."

단장은 곰방대를 내게 들이대며 비웃듯 말했다.

"이런 곳으로까지 내몰린 이유는 모르겠지만 왕국 상층부에 미움받은 거라면 재빨리 사과하고 아첨한 다음 구두라도 핥는 쪽이 건설적이란다, 도련님?"

그렇게 말을 끝내자 방 전체에서 스스로를 비웃는 듯 억누른 웃음소리가 들리기 시작했다.

즉, 여기에는 마법을 못 쓴다는 이유로 왕국군에서, 혹은 '마력 지상주의' 에 취한 녀석들에게서 쓰레기 취급을 받고, 출세할 전망도 없어서 자포자기한 녀석밖에 없다.

재빨리 도망칠 길을 찾는 게 좋지 않겠냐……고 말하고 싶은 것 같다.

물론 나는 딱히 좌천되어 여기 온 게 아니기에 그런 식으로 신경 써 줄 필요는 없지만. 그것보다도 신경 쓰이는 일이 하나…….

"단장님? 하나 묻고 싶습니다만?"

"엉? 상층부에 아첨하는 법은 모르는데? 그런 걸 알면 이딴 폐급 대기실에서 두목이나 하고 있을 리 없잖아."

"아뇨, 그런 건 아니고……."

이게 말해 둬야 할 일인지 아닌지 모르겠다.

하지만 확인해 두는 쪽이 좋을 것 같다.

여전히 히죽히죽 웃으며 나를 바보 취급하듯 보고 있는 사람들을 둘러보며 결론을 말했다.

"여러분은 왜 낙오자인 척하고 있지요?"

그렇게 말한 순간 히죽거리던 사람들의 표정이 얼어붙었다.

그중에서도 단장의 변모가 가장 알기 쉬웠다. 초점이 맞지 않던, 아니, 초점을 맞추지 않던 눈이 단숨에 날카로운 눈매로 변모했으니까.

"재미있는 소리를 하는 애송이네. 처음 만난 우리에게 뭘 근거로 그런 소릴 하지?"

애송이……. 도련님에서 랭크가 오른 건가?

"일단 옆에 있는 당신. 당신의 하반신과 상반신은 상당히 무거운 걸 매일 휘둘러야만 만들 수 있는 몸이죠. 게다가 너저분하게 노출한 배에도 군살이 하나도 없습니다. 훈련도 하지 않고 낮부터 술에 쩔어 사는 사람의 몸이 아니에요."

그건 고등학교에서 자주 보고 있던 유도부나 레슬링부 녀석들과 많이 닮은 체격이었다.

근처에서 와인을 벌컥벌컥 들이켜던 아저씨의 눈이 동그랗게 되었다.

“그리고 단장님…….”

“나, 나 말이야?”

“저 사람에 비하면 호리호리하지만 보기 좋게 꽉 죄인 탄탄한 근육. 양팔에서 어깨에서 붙은 근육의 모습이 미묘하게 다른 건 아마 양팔로 다른 작업을 하기 때문에…….”

이런 체격도 고등학교에서 본 적이 있다. 지지하는 팔과 당기는 팔, 미묘하게 좌우 비대칭인 근력이 필요한 경기.

“특기 분야는 궁술(아처리)인가요?”

“으어?!”

그렇게 말한 순간 놀라 곰방대를 떨구고 말았다.

반은 억측이었지만, 정답이었던 모양이다.

“그리고 여기 있는 분들 전원에게 말씀드릴 수 있는 건데, 엉성하게 앉아 있는 것 같지만 자세가 흔들리지 않아요. 엄청나게 단련하지 않으면 그런 자세를 유지할 수 없습니다.”

올바른 자세를 유지한다. 사실 어떤 스포츠든 무술이든 가장 기본이자 가장 익히기 어려운 기술이다.

아무리 그래도 움직임만으로 상대의 역량을 간파할 수는 없지만, ‘의식하지 않고 자연스럽게 올바른 자세를 취하는’ 사람은 운동선수로서 상당한 상급자라는 건 알 수 있다.

“그리고 결정적이었던 건…… 아까부터 웃음을 참으며 이 상황을 지켜보고 계시는 저 아가씨일까요.”

“풋!”

그렇게 발하자 지금까지 잠고 있던 엘누아르 아가씨가 웃음을 토하고 말았다.

"푸후후후……. 그러니까 말했잖아요, 카렌 단장. 율리우스 씨에게 '늘 하던 방법' 은 통하지 않는다고."

그 말에 카렌 단장이 어색한 듯 머리를 벅벅 긁었다.

"그렇게 말하지 마, 엘 아가씨. 이건 5병단 특유의 신고식 같은 거니까."

단장이 그렇게 말하자 지금까지 낙오자처럼 '보이려 하던' 사람들의 분위기가 갑자기 바뀌었다.

바뀌었다기보다는 원래대로 돌아왔다는 표현이 올바르려나? 그나저나, 신고식이라고?

"나 참, 이걸로 이 방법이 안 통한 귀족님은 세 명째인가. 특기까지 간파하다니 보통 학생은 아닌 것 같네."

배타적인 분위기는 뒤바뀌고, 곰방대를 든 단장이 나를 가늠하는 눈으로 봤다.

솔직히 아까에 비해 진짜 무섭다.

"으음~~~~? 이건 대체?"

내가 당황해하고 있자 단장이 아까까지와는 달리 절도 있는 동작으로 일어섰다.

"시험하듯 대해서 미안하군. 알다시피 제5병단은 마법을 쓸 수 없는 평민들로 구성된 병단이거든. 배속되는 귀족은 기본적으로 좌천된 녀석이라 '마력 지상주의' 녀석이 어설프게 끼어들면 일이 번잡해지기 십상이야."

"아……. 어쩐지 알겠네요."

조금 전의 낙오자 어필은 상대를 감정하는 것 말고도 불순물이 될 것 같은 좌천 귀족을 배제하기 위한 작전이란 것이다. 어설픈 마도사 귀족이 제5병단에서 성공하겠다고 생각하기라도 하면 일이 꼬일 것 같고.

"대부분의 귀족은 이 방을 본 순간 '미래가 없다' 고 생각해서 도망치곤 하지만 말이야."

어느새 단장실에 있던 전원이 일어나서 일제히 경례했다. 역시 진짜로 하면 동작에 한 점 빈틈도 없다.

"다시 인사하지. 제5병단 단장, 카렌 라인락이다. 킹 킬링 '잔물결' 승리의 주역 유리우스 슈피겔. 병단을 대표해 귀하를 환영하지."

흐트러져 있던 옷차림을 제대로 정돈한 곰방대 누님이 그렇게 말했다.

"네 말대로 특기는 궁술이야. 이래 봬도 예전엔 꽤 유명한 모험가였지."

곰방대 누님, 다시 말해 카렌 단장이 재주도 좋게 곰방대를 입에 물고서 내민 손을 가볍게 쥐었다.

"카렌 단장은 제 스승이기도 해요."

"어, 엘누아르 님의? 그럼 아스루 전하도."

지난번에 왕자는 동문이라고 했었으니까.

그러나 내가 그렇게 말하자 단장은 곤란한 듯 뺨을 긁었다.

"스승이라니 과한걸. 내가 가르친 건 기껏해야 무기 다루는 법의 기초 중 기초뿐이야. 그 뒤로는 멋대로 강해졌잖아."

"그래도 저와 전하에게는 카렌 언니가 스승인 거예요."

"아~ 그래."

그 공작 영애 엘누아르가 '언니' 라고 부르다니. 엘누아르 아가씨가 양보하지 않자 약간 수줍어하는 카렌 단장. 아주 싫지만도 않은 것 같다.

그리고 한동안 자기소개를 했다. 단장 이외의 사람들도 아까까지의 행동거지는 연기였던 듯, 평소 모습은 절도 있는 군인 같다.

게다가 모두 평민 출신인 듯, 마력이 부족한 나(유리우스)에게 공감했는지 선뜻 속을 털어놓았다.

"허, 슈라이엔 가문 영애의 집사가! 왜 이런 곳에?"

"킹 킬링에서 상급 귀족 녀석들을 이겼더니 그만 아스루 전하가 주목하신 것 같아서…… 어쩌다 보니."

제자의 이름을 들은 단장이 쓴웃음을 지었다.

"아~ 걔가 말이지……. 알 것도 같네. 아스루 전하는 왕족 중에서 이단아니까. '반 마력 지상주의' 인 건 알고 있지?"

"예, 예에……."

"이상한 소리지만 성에서 걔 주변, 왕족 중 아군은 부군……국왕밖에 없어."

단장은 요령 좋게 곰방대를 빙글빙글 돌리면서 말했다. 그건 어쩐지 알 것 같다.

국왕의 친자식은 남자 셋에 여자 둘, 합계 다섯 남매다.

공석에 모습을 잘 드러내지 않는 왕녀들은 잘 모르겠지만 아스루 왕자의 형인 첫째, 둘째 왕자를 선대 국왕이 매우 귀여워하고 있던 것은 유명하다.

다행인지 불행인지 어렸을 때부터 '마력 지상주의'에 의문을 품고 있던 아스루 왕자가 형들과 사이가 나빠지는 건 당연하고, 나라를 재건하고자 실력자를 등용한 현 국왕도 마찬가지이다.

의견 차이가 부모 자식 싸움으로 끝나면 다행이지만, 왕족은 그럴 수 없다. 왕가의 소동은 정치에 직결된다.

최종적으로는 아버지의 무력 제재로 남매 싸움이 끝나는 미즈마치 가문 사람으로선 이해할 수 없다.

음, 그런 말을 들으면 미남이라고 맘 편히 투덜거릴 수도 없잖아! 수상쩍은 구석까지 그늘이 있는 미남으로 포장되게 만들다니…… 더럽다! 미남 왕자는 사춘기 남자의 적이다!!

"지금 이 나라의 상층부는 세 개 파벌로 나뉘거든."

"셋? 이 흐름이면 둘이 아닌가요?"

내 질문을 받은 단장은 연기가 나오지 않게 된 곰방대를 두드려 재를 재떨이에 톡톡 떨어뜨렸다.

"아니, 셋이야. 우선 선대의 가르침을 지켜 '마력 지상주의'를 관철하려는 녀석들. 첫째나 둘째 왕자를 옹립해서 국왕 자리에 앉히려고 꾸미는 상위 귀족들로, 애석하지만 왕국 상층부에 있는 자들은 대부분 이렇지."

원래 선대 국왕의 악정 아래에서 굳게 결속된 조직이다. 그런 상태인 건 어쩔 수 없겠지.

"두 번째가 현 국왕과 셋째 왕자 아스루 전하가 이끄는 실력 위주 '반 마력 지상주의'. 이쪽은 하위 귀족과 평민에게 압도적으로 지지를 받고 있지만 당연히 왕국 상층부, 특히 원로원의 반발이 격하지."

단장은 두 번째 손가락을 들고 슬쩍 엘누아르 아가씨를 보았다.

"2대 공작가 중 하나인 에델슈타인 가문이 대놓고 국왕에게 협력할 수 없는 건 그쪽이 원인이야."

부, 분위기가 무겁다……. 즉, 공작가 중 하나가 완전히 국왕 파벌인 것이 공공연하게 알려지면…….

"학원에서 전하와 엘누아르 님의 친한 모습을 못 보는 것은 그런 이유입니까. 만약 2대 공작가 중 하나가 '반 마력 지상주의'인 아스루 전하와 약혼자라는 식으로 인식되면……."

"예……. 에델슈타인 가문은 '반 마력 지상주의' 임을 밝히고 있지 않아요. 괜히 접점을 보였다간 기득권을 잃는 것을 두려워한 상층부와 원로원이 결탁해 첫째 왕자를 국왕으로 옹립하려는 내란이 일어날지도 모르지요."

깊게 한숨을 토하는 엘누아르 아가씨의 표정은 우려로 가득하다. 속 편한 고교생이던 나로서는 상상도 가지 않는군.

그러는 동안 단장은 마지막으로 세 개째 손가락을 들었다.

"그리고 세 번째, 실은 이게 파벌 중에서 제일 많지. 양대 파벌 사이에서 어느 쪽을 따라야 할지 결정하지 못하는 녀석들."

"어느 쪽에도 붙지 않고……. '마력 지상주의' 도 '반 마력 지상주의' 도 아니라는 건가요?"

"그래, 결국 '마력 지상주의' 건 '반 마력 지상주의' 건 나라와 가문만 무사하면 불만이 없나는 녀석들이시. 간단히 말해 남 일처럼 생각하는 녀석이 제일 많아."

눈에 띄는 건 싫으니 솔선해 나서지 않는다. 대국이 정해지면 거기에 따르자……. 우리 반에도 그런 사람은 많았다.

대국이 정해지면 가문은 물론이고 나라가 통째로 사라질지도 모르는데.

"그런 녀석들을 얼마나 자기 파벌로 받아들일지. 그런 일이 이 나라 상층부에서 일어나고 있다는 거야."

자기소개를 하고, 마음이 무거워지는 살바도르 상층부의 이야기를 들었다. 그다음에는 사람들에 이끌려 성 지하의 더 안쪽, 훈련장으로 안내를 받았다.

훈련장은 슈라이엔 저택에 있든 훈련장과 같은 특수 마법으로 이공간화 되어서, 왕성 내부라고는 생각하기 힘들 만큼 넓었다.

쉽게 말해 돔 경기장. 나는 발을 디딘 순간 그리운 감각에 빠져들었다.

남녀가 섞여 달리거나 근력 트레이닝을 하거나 대련을 한다. 활기로 가득한 광경은 얼마 전까지 눈에 보고 있던 운동선수들의 공간을 떠올리게 했다.

그런 추억과 링크하듯 들리는 병사들의 구령.

"하나, 둘, 셋, 넷! 하나, 둘, 셋, 넷!" "자, 덤벼라!" "잘 부탁드립니다!!" "라스트 100번! 이 악물고 간다!!" "오오오!!"

내가 조금 향수에 잠겨 있자 단장이 내 곁에 섰다.

"여기가 우리 제5병단의 훈련장인데…… 이 상황을 어떻게 생각하지?"

"활기가 있어서 좋네요! 무엇보다도 착실하게 기초 체력을 만들고 있는 게 멋지네요. 이 나라에서는 가장 소홀해지기 쉬운 부분이니까요."

"난 원래 이 나라 출신이 아니니까. 모험가였는데 국왕님이 등용하셨거든. 그러니까 네가 말하는 기초 체력의 중요성은 아주 절실히 알지. 하지만~."

단장이 한숨을 내쉬며 눈앞의 광경을 바라보고 있다. 뭐지?

"이 녀석들도 과연 언제까지 올런지. 어이, 오늘 훈련하러 온 사람은 이게 다야?"

"앗, 네. 이 녀석들뿐입니다."

훈련을 관리하는 병사가 단장의 질문에 답했다.

뭐지? 무슨 이야기인지 모르겠다. 내가 설명하라는 시선을 보내자 단장이 쓴웃음을 지었다.

"힌트를 줄까, 유리우스. 훈련 중인 녀석들을 봐. 젊지?"

"네? 젊은데……. 확실히 건강하고 활기 넘치는 젊은 사람들……."

거기까지 스스로 말하고서야 위화감을 깨달았다.

고등학교 동아리의 연장처럼 생각하고 있어서 눈치채지 못했지만, 가장 먼저 떠오르는 건 해외 영화 속 군인들의 모습.

"어? 젊은 사람밖에 없군요?"

"눈치챘어? 좀 더 정확히 말하면, 여기엔 신병밖에 없어. 제5 병단은 평민만으로 조직되어 있어서 머릿수만은 모든 병단 중 제일인데 말이야."

"신병밖에 없다고요?!"

그렇게 생각하고 훑어보니, 훈련장에서 몸을 움직이고 있는 건 50명 정도였다. 부 활동이라면 많은 숫자지만 모든 병단 중에서 가장 숫자가 많다고 하면, 이 정도는 한 줌밖에 안 된다.

"지금 있는 녀석들도 언제까지 올지 모르는 거야. 아무리 단련해도 이 나라에선 마법을 쓰지 못하면 출세할 수 없지. 그렇게 생각하게 되면 한심해져서 군을 때려치우고 다른 나라로 가거나, 설령 남아도 낮부터 농땡이를 치고 술이나 먹게 되지."

아까 내가 본 삼류 연극은 사실도 포함하고 있던 것이다.

"죄송합니다만 그들의 훈련 내용을 보여주실 수 있을까요?"

"응? 자, 이거야."

단장은 그렇게 말하며 양피지 한 장을 주었다.

그리 예쁜 글씨체는 아니지만 적혀 있는 내용은 러닝과 근력 트레이닝 등, 싸움을 위해 강해지기에 적합한 것이었다. 잘라 말해 내가 괜히 참견할 여지가 없었다.

상관들의 지도 아래 단련하면 몇 년 후에는 훌륭한 전사가 되리라고 보장할 수 있겠지.

"몸 하나로 전장에서 살아남아야 하는 전사를 육성하는 거라면 불평할 부분이 없네요. 계속할 수 있다면…… 말이지요."

"그렇지. 성과가 없을 걸 알고도 계속할 내용이 아니겠지?"

단장도 알고 있는 모양이다.

운동선수가 고통을 수반하는 연습을 반복할 수 있는 건 목적이 있기 때문이다.

타임을 단축한다, 명성을 얻고 싶다, 그 녀석에게 이기고 싶다, 결승전에 나가고 싶다…….

하지만 여기에는 목적이 없다. 출세한다는 보장도 없고 막상 전장에 나가도 마도사들은 마법을 사용할 수 없는 병사들을 전장에 세울 방패로만 생각한다.

최악의 경우엔 마법으로 적과 함께 날려 버려도 괜찮다고 생각하는 쓰레기도 있다.

그러나 체력으로 승부하는 직장은 그렇게 '빌어먹을 상황' 이어도 참으로 가혹한 훈련을 필요로 한다.

군대, 경찰, 소방대……. 운동선수로서 체력에 자신이 있던 사람이 입대 첫날 마음이 꺾인다는 건 자주 듣는 이야기다.

그런 걸 목적도 보수도 없이 계속할 수 있는 인간이 있을 리 없지.

"이러니저러니 해도 공격 마법은 강력하지. 아무리 단련해도 결국 마도사, 귀족님에겐 이길 수 없다는 생각이 들면 끝이야. 여기엔 두 번 다시 얼굴을 내밀지 않아."

단장은 단념한 듯 한숨을 내쉬었다. 그런 광경은 지금까지, 단장이 되고 나서 정말 끝도 없이 보고 있었겠지.

하지만 나는 단장의 그 말에 문득 떠오르는 게 있었다.

"즉, 하나라도 마법보다 강하다고 생각할 수 있는 힘이 있으면 되는 거로군요."

"엉?"

"카렌 단장, 회복 마법을 사용할 수 있고 협력해 주실 수 있는 마도사가 대여섯 명 정도 없을까요? 중급 이하의 마법이라도 상관없는데."

"회복 마법? 괜히 다칠 것 같은 훈련은 추천할 수 없는데?"

"아뇨, 그런 위험을 무릅쓰게 할 생각은 없어요."

말은 거칠어도 부하의 위기 관리에는 민감하다. 역시 이 사람은 지도자에 잘 맞는 거겠지.

"우선 사전 연습을 합시다. 지금 여기 있는 신병 50명을 이용해서 지금 제5병단 '폐급 창고'를 철저히 리뉴얼하죠."

내가 그러게 말하고 씨익 웃은 순간, 아까부터 이것저것 위협했던 카렌 단장에다 엘누아르 아가씨까지 흠칫 몸을 떨었다. 실례인데…….

"대, 대체 뭘 할 셈이야?"

긴장하는 단장에게 나는 이전에 '잔물결' 멤버에게 했던 것과 같은 말을 했다.

"지옥을 보는 거죠. 저희가 상급 마도사를 쓰러뜨렸을 때와 같은 지옥을……. 그렇지, 단장님도 함께 어떤가요? 부하에게 추월당하면 보기 안 좋겠죠?"

*

그리고 일주일이 지났을 무렵, 왕성 최상층의 왕족과 허가를 받은 사람만이 발을 들일 수 있는 거주 공간. 자신의 방에서 아스루 왕자는 엘누아르의 정기 보고를 받고 있었다.

"배속에 관한 문제는 없었을까?"

"문제가 없었다는 것보다는 상대조차 하지 않았다는 쪽이 맞으려나요. 원로원과 '그분'은 셋째 왕자가 도락으로 킹 킬링의 승리에 취한 학생을 체험 삼아 보낸 거라고 생각하는 것 같네요. 당신의 계략대로……."

엘누아르의 담담한 말투에 아스루 왕자는 쓰게 웃고 말았다.

"도락……이라. 놀이로 끝낼 생각은 없지만."

"네. 하지만 제1병단에 배속된 슬레거와 알리시아 두 사람은 금세 사고를 쳐 주었지요. 자세한 이야기를 듣고 싶으신가요?"

"그래, 부탁해."

"배속 첫날부터 상급 귀족 출신 단원들에게 모욕을 받고, 반발하자 귀족이 마법을 사용. 슬레거 씨가 반격해서 격퇴. 뒤따르던 다른 자가 마법으로 공격하려 한 순간 알리시아 씨에게 걷어차여서 부상. 마지막에는 마법이 막힌다고 생각한 사람들이 머릿수만 믿고 달려들다가…… 모두 격파당했습니다."

엘누아르의 설명에 아스루는 씨익 하고 입가를 들어 올렸다.

"어느 정도는 예상했지만, 그게 왕국 최강을 자칭하는 제1병단이라니 골치가 아프군."

"이제 와서 무슨 소린가요. 태어날 때부터 마법과 권력에 의지해 진짜 전장을 모르는 반편이들과 그들이 부딪히면 이렇게 될 거라는 건 예상하고 계셨잖아요?"

말과는 정반대인 왕자의 표정에 엘누아르는 얼굴을 찡그렸다.
유리와 나나미가 '바보라고 생각한' 전술을 기본으로 한 집단, 그게 제1병단의 실태다.
사실 병단 최강을 자부하는 제1병단은 실제로 전장에 나서는 일이 거의 없다.
군에 소속되어 있는 것만으로도 위신이 서니까 들어와 있는, 지위 높은 귀족만으로 구성된 '샌님 집단' 에 지나지 않는다.
"다른 사람들은 어떻지?"
"나미 님은 벌써 상류 계급의 부녀자들과 교류를 꾀해 끌어들이는 데에 성공하고 있는 듯해요. 그 몸을 보고, 자신도 그렇게 될 수 있다는 말을 듣고 낚이지 않을 여자는 없겠죠."
"음, 과연 킹 킬링의 승리자. 훌륭한 아이디어로…… 이런, 미안하군."
아스루 왕자가 실언했다는 듯 사죄를 했지만, 당사자인 엘누아르는 조금도 신경 쓰지 않는 듯 쓴웃음을 지었다.
"신경 쓰지 마세요. 이제 와서는 그들에게 패배한 것도 당연하다고 생각하고 있습니다. 게다가 요즘엔 그저 놀라기만 할 뿐이에요."
유리가 내놓은 아이디어, 귀족 부녀자를 포섭하는 작전은 일본에서 말하는 '다이어트 상법' 과 아무런 차이도 없지만, 이런 건 모르는 게 약이다.
"그래서? 엘을 그 정도까지 놀라게 하는 그가 배속된 제5병단은 어떻지?"

"제가 패배한 이유를 잘 알겠어요. 가능하다면 저도 여름 방학 내내 제5병단에서 함께 훈련하고 싶을 정도네요."
"흠? 엘이 그렇게까지 말할 줄이야. 그는 그 정도로 강해?"
사실 지기 싫어하고 호전적인 엘누아르는 기본적으로 대련을 좋아하는 것이다.
그러나 엘누아르는 고개를 좌우로 흔들었다.
"아뇨, 실례지만 무술 솜씨는 그다지……. 아마 정면에서 기술로 승부한다면 제가 우위에 서겠죠."
"킹 킬링에서는 이겼는데?"
"정면에서 기술로 승부할 때라고 말했죠? 그 사람이 진심으로 승부한다면 일단 정면에서 맞붙을 일이 없겠죠. 그리고 비장의 수단을 여럿 준비하고서……. 가장 무서운 건 근본적인 발상력의 차이라고 해야 할까요……."
"발상력의 차이란 말이지."
"네. 그의 훈련 방법은 이질적인 느낌이지만 이치에 맞아요. 마치 근육의 세세한 단련법을 숙지한 자가 마력이라는 새로운 발상을 발견한 것처럼. 그가 '무간지옥' 이라고 칭하는 훈련법은…… 이래저래 위험하답니다?"
"위험하다고 말하는 것치고는 즐거워하는 것 같은데."
그렇게 말하며 웃는 아스루 왕자의 눈동자에서 엘누아르는 위험한 빛을 보고 있었다.
어릴 적부터 알고 지낸 사이다. 엘누아르는 아스루 왕자가 '반 마력 지상주의' 이기에 괴로워하는 모습을 가장 가까이에서 보아 왔다.
그래서 그가 얼마나 '마력 지상주의' 를 싫어하는지 알고 있다.
물론 이 나라의 '마력 지상주의' 에 문제점은 많고, 서둘러 어떻게든 해야만 한다. 하지만 그렇다 해도 아스루가 '잔물결' 을 통해 하려는 일은 너무 성급하다.
'전하는 마력 지상주의를 아예 파괴해도 좋다고까지 생각하고 있겠죠.'
유리우스는 아스루 왕자를 회의적으로 본다. 엘누아르는 '마력 지상주의' 에 대한 반감 때문에 그가 중요한 무언가를 잃고 있는 것은 아닐까 걱정했다.
'힘으로 유린할 뿐이라면 기존의 마력 지상주의와 아무 차이도 없는 거예요…….'
힘이나 기술이라면 확실히 자신이 위. 그런데도 진짜로 승부하면 전혀 이길 것 같은 느낌이 들지 않는 집사를 떠올린 엘누아르는 고개를 숙였다.

*

살바도르 성으로 호출받고 5병단에 배속되고 어느새 일주일.
'마음껏 해 줘' 라는 말만 듣고 구체적인 지시가 없었기에 실제로 맘대로 하고 있다. 왕자가 아무런 말도 안 하고 있는 걸로 보아 당장 특별한 문제는 없겠지.
"처음에는 원망하던 신병 50명도 요즘엔 웃는 얼굴이 많이 늘

었고.”

“계속되는 지옥에 웃음밖에 안 나오는 거라고 생각하는데.”

그 50명보다는 말할 여유가 있는 것이 역시 단장답다.

“괜찮습니다. 킹 킬링 전의 ‘잔물결’ 도 첫 일주일은 이런 느낌이었거든요.”

“그만큼 무리를 하면 보통은 근육통으로 움직이지 못해야 하는데, 회복 마법을 쓰면 근육통이 일어나지 않는 걸 넘어 강화되지. 그래서 무리하고……. 멈출 때를 모르겠네…… 이거.”

카렌 씨가 시선을 주는 곳에는 자리에 앉은 제5병단 단원들이 일제히 테이블에 엎어져 있다. 개중에는 자는 사람도…….

카렌 씨가 말하는, 멈출 때를 모르게 되는 폐해가 이것이다.

회복 마법으로 초회복을 거듭하는 훈련의 최고 이점은 효과를 알기 쉬운 것이다.

통상 트레이닝도 다이어트도 금방 그만두는 이유는, 곧바로 결과가 나오지 않기 때문이다.

당연하지만 보통은 몇 달, 몇 년을 계속하지 않으면 효과를 보지 못한다. 급격한 변화는 몸에 큰 부담을 주는 법이니까.

하지만 이 훈련법은 몸의 부담을 마법으로 회복하기 때문에 단시간에 효과가 나타난다. 간단히 말하면 무리를 해도 되는 것이다.

예를 들어 한 바퀴 뛰면 숨이 차던 트랙을 이제는 태연한 얼굴로 열 바퀴 뛸 수 있다거나, 들기도 버겁던 블록을 일격에 부순다거나.

다만 그 대가는 이런 광경이다. 무한하게 계속되고 무한하게 레벨이 오르는 훈련, 강제당하는 것도 아닌데 할 때마다 강해져 간다는 실감……. 그건 쾌감이 되어 멈출 수 없다. 운동선수 특유의 무아지경이나 러너스 하이 비슷한 상태가 되는 것이다.

그 때문에 육체는 단련되지만 정신적으로는 점점 마모된다.

"식사는 꼭 챙기세요. 오후에는 세 배로 갈 테니까요……."

내 말에 단원들의 눈에서 빛이 사라졌다.

"악마네……."

나는 지금 사람들과 함께 왕국군이 이용하는 식당에 점심을 먹으러 왔다.

다른 병단도 같은 시간대에 이용하기에 식당은 체육관 수준으로 넓고, 테이블도 커서 오전 훈련을 끝낸 제5병단 전원이 여유롭게 앉을 수 있는 공간이 있었다.

많은 병사들로 시끌시끌한 식당 안에서 우리 제5병단은 상당히 이질적으로 보였겠지.

다른 병단 병사들이 이쪽을 볼 때마다 질겁하는 게 보였다.

전원이 공허한 눈으로 밥을 먹고, 그럴 때마다 히죽 웃으니까 시체를 먹는 언데드 무리처럼 보여도 이상하지 않으리라.

"아하하……. 어쩐지 모두가 특별훈련을 시작할 때의 오빠네랑 똑같은 표정이네요."

어째서인지 식당 안에 언데드 같은 공기를 만들고 있는 제5병단을 향해 밝고 부드러운 목소리가 들려왔다.

"안녕하세요, 유리우스 씨."

"오, 라이라 씨. 일주일 만이네요. 다른 사람들과 얼굴을 맞댈 기회가 없어서 걱정하고 있었어요."

돌아보자 작은 동물처럼 귀여운 미소를 짓는 얼굴이 있었다.

오늘은 교복이 아니라 마도 연구원의 백의를 입고 있지만, 사이즈가 맞지 않아서인지 소매나 옷자락이 너무 길어 어울리지 않는다는 느낌이 엄청나다.

나나미라면 분명히 '그 점이 좋아!' 라고 말할 것 같지만.

"지금부터 점심을 먹나요?"

"예. 연구실의 마석 정제가 잘 진척되지 않아서, 조금 기분 전환을 하려고요."

우리가 그런 이야기를 하고 있자, 어느새 카렌 씨가 히죽거리면서 이쪽을 보고 있었다……. 뭐지?

"그 눈은 뭔가요?"

"뭐야, 이렇게 귀여운 아가씨가 있었어?! 애인? 저기, 유리우스의 애인이니?"

"예?!"

갑작스러운 말에 처음엔 말의 의미를 몰랐던 것 같은 라이라 씨가 서서히 뺨을 붉혔다.

"아닙니다! 라이라 씨는 이전에도 말했던 우리 잔물결의 동료예요. 마도구 세공사로, 지금은 그 재능을 높이 평가받아 마도 연구실에 특별 고문으로 나가 있……."

"라이라 스펠런카예요. 정확히 말하면 기술이 아직 미숙해서 세공인은 아니지만요~. 잘 부탁드려요."

고개를 꾸벅 숙이고 살짝 웃는 얼굴 뒤로 꽃이 보인다.

아무래도 카렌 씨도 같은 환영을 본 듯, 흐뭇해하는 걸 표정으로 알 수 있었다.

그리고 한동안 점심 메뉴로 선택한 나폴리탄을 입에 한가득 넣는 라이라 씨와 이야기하게 되었다.

여자들은 몇 분 이야기한 것만으로도 완전히 우호 관계를 구축한 듯했다.

"그럼 넌 스펠런카 상점의 따님이구나. 나도 신세를 많이 지고 있어."

"늘 감사합니다."

"그러고 보니 조금 전 진척이 없다고 했죠. 라이라 씨는 배속된 부서에서 뭘 하고 있는 거지요?"

내가 신경 쓰인 일을 묻자 라이라 씨는 즐거운 듯 웃었다. 옆에서 카렌 씨가 케첩이 묻은 입가를 닦아 주었다. 당신은 자식을 챙기는 부모입니까?

"지금은 다양한 마법진을 그리고 있어요. 역시 왕국 제일의 마도기관이라 굉장해요. 지금까지 본 적 없던 마도구나 마법진이 가득한걸요."

눈동자를 반짝반짝 빛내는 그녀는 정말로 즐거운 듯했다.

라이라 씨의 본질은 역시 장인이다. 자신의 기술을 갈고닦고 아이디어를 실천해도 좋은 환경이라니, 장난감 상자에 뛰어든 것이나 마찬가지겠지.

"게다가 여기에선 큰 보석을 쓸 수 있어요. 지금까지는 너무 작아

서 도저히 불가능했던 마법진을 그릴 수 있답니다! 굉장하죠!?"

"그건…… 말하지 않아도 괜찮아."

라이라 씨가 고도의 기술을 익힌 건 물론 본인의 노력 덕분이지만 환경의 영향도 크다.

특수한 도구를 사용해 보석에 마법진을 그리는 작업이므로 보석이 클수록 그리기 쉽다. 그러나 당연히 그런 보석은 엄청나게 비싸다. 작은 도구점에서 샀다간 가게가 망한다.

필연적으로 쌀알만 한 보석에 마법진을 그리면서 정밀한 기술을 연마하게 된 것이다.

"하지만 지금은 공격 마법의 마법진을 시험하는 중인데…… 그게 잘 풀리지 않아서요."

"공격…… 마도사가 부스터로 쓰는 지팡이에 붙이는 것 말입니까?"

"네, 이건데요."

라이라 씨가 그렇게 말하며 보여준 것은 손수건으로 감싼 조약돌 크기의 붉은 보석. 그 내부에는 이미 마법진이 그려져 있었다.

"모처럼 큰 보석을 쓸 수 있게 되었는데, 이래서야 이전에 작은 보석으로 그린 것과 차이가 없어요."

보석이 커진다고 해서 마력이 늘어나는 건 아니란 뜻일까.

"마법진을 연구해서 변화가 없을지 이것저것 시험하고는 있지만요."

시행착오를 거듭한 결과겠지. 라이라 씨가 낙담한 듯 한숨을 쉬었다.
원래 증폭기에 쓰는 마법진은 각 속성 마법의 정령을 상징하는 것이다.
이 세계에는 자연 현상을 '정령'이 일으킨다고 생각하는 정령 신앙이 뿌리를 내리고 있다.
마력 개념이 침투한 이 나라도 기본적으로는 정령을 신앙하므로, 곳곳에 정령의 신전이나 교회 같은 종교 시설이 있다.
물론 정령이 실제로 존재하는가 어떤가에는 찬반양론이 있어서, 마력 지상주의 마도사들 중에서도 회의적인 자는 많다.
마력을 자연의 은총으로 보는가, 자신의 실력으로 보는가로 달라지는 것이니까.
"애초에 있는지 없는지도 모르는 정령을 끌어와서 증폭한다고 해도……."
이렇게 말하는 나도 정령의 존재에 대해서는 회의적이다.
현대인이기도 해서, 정령 신앙이란 '맞설 수 없는 대자연에 대한 신앙' 정도로밖엔 생각할 수 없으니까.
그러나 내가 그렇게 말하자 라이라 씨는 어리둥절한 눈치로 아무렇지도 않게 말했다.
"아니, 정령은 존재하는데요? 사실 마도 연구실에서는 '정령이라고 칭하는 어떤 존재'를 대상으로 연구하고 있으니까요~."
"어? 있습니까, 정령이?!"
내가 놀라는 소리를 내자 라이라 씨가 약간 자랑스러운 듯 가슴을 폈다.

"연구실 선배가 가르쳐 준 것이지만, 마력이란 인간이 만들어 낸 게 아니고 자연에 가득 찬 마력을 받아들인 것이라는 모양이에요."

"그거 말해도 괜찮은 거야?"

카렌 씨가 걱정하는 것도 당연하다. 마도 연구실의 연구 내용은 국내에서도 극비 취급이고, 이런 발견은 '사실' 이라고 해도 반드시 반발하는 자들이 있다.

그러나 카렌 씨가 걱정하는데도 라이라 씨는 변함없이 미소를 짓고 있었다.

"아, 괜찮아요. 그 일은 일부 연구자 사이에서는 널리 알려진 사실 같으니까요~. 이미 인체 실험도 반복해서 증명되어 있다고 하고."

"이, 인체 실험?"

"마력을 인체에서 '만들어 내는' 행위는 육체에 상당한 부담을 주는 거예요. 하급 마법까지밖에 사용할 수 없는 마도사가 상급 마법을 억지로 사용하려고 했다가 몸이 상하는 건 유명하잖아요~."

"과연…… 확실히 그렇군."

이전에 킹 킬링에서 날 죽이려고 상급을 넘어 초급(超級) 마법을 사용하려 했던 백작 A가 좋은 예겠지. 즉, 인간 자신이 마력을 '만들어 내는' 건 어려운 것이다.

"선배들 사이에서도 의견이 분분해요. 자연계에서 마력을 만들어 내는 시스템이 있다거나, 역시 초상적인 존재인 '정령' 이

어딘가에서 마력을 보내 주고 있다거나. 어느 쪽이라도 마도사란 '받아들일 수 있는 마력이 많은 사람' 이라는 게 마도 연구의 공통 인식이에요~."

아무렇지도 않게 선뜻 가르쳐 주었지만, 이거 상당히 중요한 일 아닌가?

마력은 이 세계의 누구라도 갖고 있다. 그러나 마법을 사용할 수 있을 만큼의 양을 자기 몸 안에 비축할 수 있는 사람은 소수. 그것은 마력을 받아들일 수 있는 '마력 용량' 에 차이가 있고, 마도사가 욕조라면 평민은 컵 정도라는 걸까?

"그럼 선생님! 선생님은 어떻지요? 정령은 있다고 생각하시나요?"

조금 장난삼아 그렇게 불러 보자, 라이라 씨는 입꼬리를 올리며 더욱 자랑스럽게 가슴을 폈다.

우쭐해하고 있는 것 같다.

"정령님의 모습을 그리면 힘이 증폭되니까 있는 게 아닐까~ 생각해요. 선배 중에는 불 마법의 증폭에 가장 어울리는 도형이라고 말하는 사람도 있지만요."

"정령의 모습을 도형화한 거란…… 말이죠."

라이라 씨가 보여 준 붉은 보석을 비쳐 보니 불의 정령 '플레어 펜리르' 가름의 모습이 보인다. 라이라 씨야 실제로 정령을 본 적이 없겠지만, 내 '유리우스의 기억' 과 위화감 없이 그 마법진을 불의 정령이라고 알 수 있는 걸 보면 이 세계의 공통 인식인 것이겠군.

"전 부스터의 마법진은 정령에게 '좀 더 힘을 빌려줘!' 라는 의미의 편지라고 생각해요. 하지만……."

거기까지 말한 라이라는 어깨를 늘어뜨리고 고개를 숙였다.

"하지만 지금은 마법진에 가공해도 이전의 부스터와 별반 차이가 없는 성과밖에 나오지 않네요~."

부스터의 마법진은 정령에게 보내는 편지라니, 참으로 라이라 씨다운 표현이로군.

그러나 나는 그 말에 의문이 떠올랐다. 뭐라고 해야 할까, 도리어 라이라 씨답지 않은 게 하나 있다.

"그런데 왜 공격 마법의 마법진으로 한정하는 거죠?"

"예?"

라이라 씨는 내가 한 말의 의미를 잘 몰랐는지 얼빠진 소리를 냈다.

"공격 마법은 속성이 다르죠? 그러니까 속성에 특화한 마법진을 그리면……."

"유리우스 씨. 저도 그건 알고 있어요. 이 마법진도 불 속성의 공격 마법 증폭 마법진이고……."

아무래도 라이라 씨는 내 말에 속성에 맞는 마법진을 그리지 않았다고 착각한 것 같군. 실망한 듯 고개를 숙이지만…… 그런 게 아니다.

"아뇨. 제가 말하는 건 호부에 대신전의 방호 결계 마법진을 그리는 당신이 '기존의' 증폭 마법진에 붙들려 있다는 이야기인데요."

"네, 네에?!"

"공격 마법에서도 신전의 결계를 그린 것처럼 할 수는 없는 걸까 해서요."

"공격 마법…… 속성…… 신전…… 마법진……."

내 발상이 뭔가 힌트가 된 것일까? 라이라 씨는 갑자기 아래를 내려다보며 뭔가 중얼중얼하기 시작했다.

"그건 어렵지 않을까? 연구에서 '있다' 고 증명됐다지만, 실물을 본 녀석은 없잖아. 신전의 결계란 것도 상상의 산물이지?"

태도와 달리 꽤 박식한 카렌 씨가 예리한 지적을 했다.

음, 확실히. 단순히 마법진을 신전의 결계 수준으로 복잡하게 만들 수 있으면 어떨까 생각했던 거지만, 그것도 상상의 산물인 건 틀림없다.

"이 이상 복잡하게는 할 수 없나……. 단번에 신화 속 정령이라고 알 수 있을 만한 임팩트가 없으면 안 되나?"

나는 막 던지듯 그렇게 말했다.

정말로 있다고 치고서 정령에게 힘을 빌리는 거라면 정령이 얼마나 굉장한 것인지를 마법진을 사용해 나타내면 되지 않을까 생각했던 것이지만. '이만큼 굉장한 너에게 힘을 빌리고 싶어!' 라고.

역시 너무 노골적일까.

그러나 라이라 씨가 갑자기 내 손을 붙잡았다. 방금까지는 반짝이던 눈동자가 지금은 활활 불타오르고 있다.

"으아앗! 갑자기 뭔가요?!"

"그거예요!! 역시 유리우스 씨예요!!"

라이라 씨는 신난 듯 얼굴을 쑥 들이밀었다. 어어, 가까워. 가까워!!

"그래요! 마법진에서 정령을 상징하는 도형이 만들어져 있다고 해서 그걸로 그칠 필요는 없는 거예요!! 신화의 정령에게서 힘을 빌리는 게 아니라 '신화 자체에서 힘을 빌리면 되는' 거였어요!!"

"어…… 어어, 그게 무슨?"

상황을 잘 모르겠는 사람은 나만이 아닌 듯, 단장도 흥분하는 라이라 씨에게 놀라 멍해져 있다.

그런 가운데, 라이라 씨는 큰 소리로 터무니없는 선언을 했다.

"그리는 거예요! 신화의 정령만이 아닌, '정령의 신화' 를!!"

*

"감사합니다! 저, 이 은혜는 평생 잊지 않겠어요!! 포기하고 있던 그 드레스를 입었을 때의 그 감동은…… 정말로, 정말로!"

"여러분은 우리 가문의 구세주예요! 운동이란 건 정말로 좋은 거였군요!!"

그런 식으로 감격하는 귀족 부인과 처녀들을 보내는 '잔물결' 의 귀부인 담당 삼인조는 어색하게 웃었다.

지금까지 레오타드 차림으로 '비밀 다과회' 를 지도하고 있었지만, 전신에서 흐르는 땀이 운동 때문만이 아님을 본인들은 알고 있다.

이 교실을 연 결과, 예상하지 못한 성과를 얻었기 때문이다.

작위를 가진 귀족이 파티 같은 모임에 참가하는 것은 주로 정보를 얻기 위해서다.

사람이 모이는 곳에서 최신 정보를 얻고 자신에게 유리한 정보를 슬그머니 흘린다.

물론 공작 영애 나미가 주최하는 다이어트 교실에도 그런 측면이 있지만, 다른 모임과는 명백히 다른 점이 있다.

살바도르에서는 마도사나 작위를 가진 귀족이 몸을 움직이는 건 야만적이라는 생각이 상식처럼 자리를 잡았지만, 절대로 해선 안 된다고 할 만큼 엄격한 인식은 아니다.

이마에 땀이 맺혀 가며 몸을 움직이는 사람들을 멀찍이서 내려다보며, '잘도 저런 일을 하네요. 저로서는 도저히…….' 같은 소리를 하면서 무시하는 게 습관처럼 되어 있었던 것이다.

그러나 공작 영애인 나미가 인솔하는 '잔물결' 은 킹 킬링에서 보인 전투복이나, 다과회에서 차이나드레스 차림을 과시했다. 그것을 통해 교정 속옷으로 만들어진 게 아닌 몸의 아름다움을 목격한 살바도르의 부녀자들이 가진 상식은 매우 흔들리고 있었다.

건강과 먼 방법으로도 아름다움을 얻으려 하는 것은 여자의 본능. 하물며 과시한 본인이 '나는 한 달 만에 이 몸을 손에 넣었다' 고 단언했다.

입으로는 야만스럽다고 해도, 관심이 없을 여자는 없다.

"성황이면 잘된 거잖아요? 적어도 참가하고 있는 여자들 중에서는 '운동은 야만스럽다' 고 말할 사람이 줄어들 테니까요."

"그야 매우 좋은 일이지요. 좋은 일이지만……."

"무슨 말을 하고 싶은지는 알아요."

나나미, 미레네, 릴리안. 세 사람은 나란히 한숨을 쉬었다.

귀족이 몸을 움직이는 건 야만스럽다고 배웠기에 아무리 아름다움을 손에 넣기 위해서라고는 해도 다이어트 교실에 참가하는 일에 망설임이 있는 듯하다. 사실 밖에서는 나미가 주최하는 교실을 '공작 영애의 기행' 이라고 말하는 자까지 있다.

그렇기에 참가자들은 하나같이 개최일마다 사람들의 눈을 피해 슬금슬금 찾아오고 있다.

다이어트 교실이 위법 행위도 아닌데 무슨 금주법 시대의 비밀 술집 같은 존재가 되고 있는 것이다.

문제는 그 덕분에 신분의 고하를 불문하고 모인 귀족 부녀자들이 비밀을 공유하는 공간이 되어 버린 것이다.

여자란 어느 세계에서나 소문에 민감하다. 비밀을 공유하여 동료 의식이 싹튼 여자들의 입은 헬륨처럼 가볍다. 그 결과…….

"나미 님, 어떡하죠? 저는 일주일 만에 명가의 불륜 관계를 열 개도 넘게 알고 말았어요."

"설마 그 고명한 가문의 영애가 그분과……. 그분은 백작가의 장남과 약혼했죠?"

나나미는 식은땀이 흐르는 걸 자각하면서, TV에서 본 적 있는 사기 집단의 수법을 떠올리고 있었다.

'한 번이라도 신용하게 만들면 인심 장악은 끝난 거나 마찬가지. 사기나 세뇌는 거기서부터 시작된다고, 대학 교수인가가 그렇게 말했지만…….'

사실은 그 정도가 아니었다. 나나미 일행이 개최한 다이어트 교실은, 간단히 말하면 유리가 했던 지옥 훈련을 가볍게 한 거나 마찬가지. 좀처럼 운동을 하지 않았던 귀족 부녀자들에게는 그것도 힘겨웠지만.

유리가 생각해 낸 '회복 마법식 연속 초회복' 과 '마력을 이용한 근력 강화' 의 최대 이점은 즉효성인데, 이번엔 그 부분이 문제였다.

일주일 전에는 반신반의하며 시작했던 귀족 부녀자들. 그런데 며칠 만에 몸에 맞지 않던 드레스를 입을 수 있게 되거나, 이제는 입지 못하는 젊은 시절 옷을 입을 수 있게 되었다.

이렇게 되면 이제 나나미 일행은 스승이자 신.

결코 과장 없는 존경을 보내는 그녀들은 모두가 나나미 일행을 '선생님' 이라고 불렀다.

본래 여자들에게 잘 통하는 '미용' 을 미끼로 써서 운동의 유용성과 즐거움을 슬쩍 전파하는 게 나나미 일행의 일이므로, 그 점에서는 90퍼 정도 성공하고 있다고 해도 괜찮으리라.

하지만 덕분에 술술 들어오는 정보를 주체하지 못하고 있었다. 식은땀을 흘리면서.

"저희는 자칫하면 왕국의 명가가 한두 군데쯤 무너질 정보를 듣고 말았네요……."

"신뢰해 주는 건 고맙지만 이런 정보는 좀……."

혼인은 귀족에게 다른 가문과 이어지는 정치적 수단 중 하나. 거기에 균열이 생기게 할 수 있을지도 모르는 정보 때문에 전율을 느끼는 '잔물결'의 아가씨들.

남의 소문이나 불행을 이용할 수 있을 정도로 대담하지 못한, 어떤 의미로는 정말로 귀족과는 안 맞는 성격을 가진 그녀들은 원진을 짜고서 진지한 시선을 교환했다.

"알겠죠, 여러분! 오늘 들은 일은!"

"예! 저는 아무것도 기억나지 않습니다!!"

"네! 그건 이제 무덤까지 가져갈게요!!"

소시민 같은 아가씨들의 우정은 필요 없는 타인의 정보를 공유하는 것으로 더더욱 확고해졌다.

셋이서 우정을 키워 나가는 사이, 저쪽에서 마도 연구실에 배속된 지인이 어쩐지 기쁜 듯 걷고 있는 걸 나나미가 찾아냈다.

"어라, 라이라~."

"아, 나미 님! 오늘도 함께 다과회 참가……였나요?"

라이라가 세 사람의 복장에 의아해하는 것도 당연했다.

비밀 조직처럼 된 다이어트 교실이기에 공식적으로는 나미 주최의 다과회. 자세한 내용은 다른 부서에 배속된 동료들도 모르는 것이다.

"'레오타드' 차림으로 다과회를 하나요? 상류 계급 분들은 화려한 드레스로 우아하게~ 보내실 거라고 생각했는데……."

"뭐, 뭐어 귀족의 다과회도 이것저것 있는 법이에요."

“그렇군요. 이것저것.”

라이라는 평민이 으레 생각하는 귀족을 상상했겠지만, 오늘 구한 정보는 도저히 우아하다고 할 수 없다.

“그런데 라이라. 마도 연구실에서는 어떤 상태죠? 또 평민 출신이라고 괴롭힘을 당하거나 하지 않나요?”

학원에서 있었던 일도 있어서, ‘산물결’ 동료들에게 이번에 홀로 배속된 라이라는 가장 큰 걱정거리이기도 했다. 그러나 라이라는 아무렇지도 않게 평소처럼 미소를 지었다.

“괜찮아요~. 연구실 사람들은 마도 말고 관심이 없거든요. 제가 평민이든 뭐든 도움이 되느냐 마느냐밖에 신경 쓰지 않으니까요~.”

“헤에…… 그거 다행이네요.”

실제로 왕국의 마도 연구실은 마도 연구에만 평생을 바치고 자신의 작위에는 관심을 주지 않기에 왕국에서는 괴짜로 취급당하는 자들이 많다.

라이라는 마도구 세공사의 기술과 마법진 발상력을 높게 평가받아서, 마도 연구실에서는 ‘마법진의 괴물’의 후계자인 ‘마법진의 요정’이라고 불리기 시작했을 정도다.

“제법인걸요. 마도의 전문가들이 주목할 정도라니.”

나나미가 칭찬하자 라이라는 부끄러운 듯 머리를 긁었다.

“아뇨~ 그게 요즘엔 잘 안 되고 있었어요. 부스터 마법진이 잘되질 않아서요.”

“어머나…….”

전문 지식이 없는 나나미로서는 그렇게 말할 수밖에 없었다.
하지만 낙담하고 있는 줄 알았던 라이라는 웃음기 가득한 표정이었다.
"하지만 말이죠! 어쩌면 해결할 수 있을지도 몰라요!! 오늘 기분 전환 삼아 식당에 가길 잘했어요."
"어…… 뭔가 있었나요?"
"오늘 식당에서 유리우스 씨를 만났더니, 조금의 회화만으로 제가 고민하던 일에 힌트를 주셨거든요. 역시 '갓 이블 아이즈'의 소유자네요!!"
기쁨으로 가득 찬 라이라의 말에 나나미의 귀가 움찔했다.
"어머, 유……유리우스에게? 그는 어떤 상태였죠?"
"어, 모르고 계셨어요? 두 분은 늘 함께인 줄 알았는데."
나나미의 말에 이번에는 라이라 쪽이 놀란 표정을 지었다.
사실 나나미와 유리는 성에서 살게 된 후 일주일 동안 얼굴을 마주치기는 했어도 느긋하게 이야기한 적은 없었다.
"배속 부서가 달라서 말이죠. 병단 쪽으로 간 사람들과는 시간이 맞질 않아요. 숙소에 돌아오는 시간도 제각각이고, 무엇보다 우리와는 방이 다르니까."
공작 영애인 나미 슈라이엔이 일반 병사와 같은 숙소를 사용했다간 초대한 왕자에게 결코 좋은 영향을 주지 못할 것이다.
"아하~ 그러고 보니 유리우스 씨도 비슷한 이야기를 했었죠."
"그래서 그는 어떤 상태였나요?"
"아, 그렇지! 역시 유리우스 씨는 굉장한 분이에요!"

나나미가 다시 묻자 라이라는 또 흥분한 것처럼 떠들었다.

라이라가 힌트를 얻었다는 내용을 들어도 나나미는 잘 알 수 없었기에, 성과에 관해서는 완성품을 보여줄 수밖에 없다는 결론을 내렸다.

그렇게 그가 칭찬받는 것이 마치 자신의 일처럼 기쁜 나나미였지만, 아주 약간 가슴이 답답해지는 게 있었다.

"그런데, 그렇게 굉장한데도 자기 공이 아니라는 식으로 말했어요. 너무 겸손하다고 생각하지 않나요?"

"그러네요. 그건 저도 예전부터 생각하고 있던 일이에요."

'원래 세계에 있었을 때부터…….'

사실 나나미는 '그것' 을 이전에도 느낀 적이 있었다.

그건 수영부에서 다른 선수에게 조언하고 칭찬받는 유리를 보았을 때의 일.

그렇지만 이미 느낀 적이 있는 감정인데도 그 정체를 아직 자각하지 못했다.

다만 나나미 자신이 그때 생각한 일은 어째서인지 선명하게 기억하고 있었다.

'그렇구나. 이 아이도 깨달은 거네. 그의 좋은 점을…….'

*

제5병단에 배속되고 약 2주가 지났다.

슬슬 훈련장에 오는 것에 위화감이 없어지게 되었을 즈음 훈련장 입구 근처에 묘한 녀석들이 있었다. 중년쯤 된 아저씨 세 사람인데, 모두 반쯤 취해서 비틀거리고 있었다.

"안녕하세요. 실례지만, 제5병단 훈련장에 용건이 있으신가요?"

내가 그렇게 말하자 수염투성이 남자들은 수상한 시선으로 이쪽을 보며 코웃음을 쳤다.

"흥, 용건이 있느냐고? 넌 상관의 얼굴도 모르냐? 난 제5병단의 반장님이다!!"

반장? 그러고 보니 이 부대에서 내가 직접 만난 적 있는 건 단장과 각 분대장들, 그리고 새로 들어온 신병들뿐이었군.

"넌 신병이냐? 본 적 없는 얼굴인데."

"네, 이번 달부터 임시로 배속된 유리우스 슈피겔입니다."

아무리 주정뱅이라도 제5병단의 선배라면 최소한의 인사는 필요하겠지. 그렇게 생각해 경계를 포함해 인사하자 주정뱅이 세 사람은 껄껄 웃기 시작했다.

"이번 달부터 배속?! 그러면야 우리가 알 리 없겠지! 어쨌든 난 이번 달엔 한 번도 안 왔으니까!"

"카하하하!! 나도 그래, 나도!!"

과연, 아무래도 이 녀석들이 단장이 말하던 좌절한 사람들 중 일부인 모양이다.

제5병단에서는 딱 이맘때쯤 신인 단원이 다른 병단과의 대우 차이나 마법을 쓸 수 없으면 출세할 수 없는 현실에 좌절해서 왕국군을 그만둔다고 한다. 아니면 타락해서 훈련에도 오지 않게 된다던가.

'마력 지상주의'의 영향 때문에 아무리 애써도 마도사보다 출세할 수는 없다. 하지만 소속되어 있으면 적더라도 월급은 나온다.

노력하나 안 하나 마찬가지라면 안 한다. 참 알기 쉬운 타락 방식이다.

"음, 선배님들. 오늘은 무슨 일로 훈련장에 오셨지요?"

조금 짜증을 느끼면서 질문하자 자칭 반장은 허리의 검에 손을 대며 히죽 웃었다.

"뭐, 시간이나 때울…… 아니, 모처럼 병아리들을 지도해 줄까 해서 말이지."

"슬슬 현실을 안 젊은이들을 동료로 삼아 줄까 하고 말이다!"

아, 요컨대 이 사람들은 같이 타락할 동료를 찾으러 왔다는 말이로군.

그러는 김에 선배가 벼슬인 것처럼 신인을 괴롭히고.

나는 한숨을 쉬며 그들을 문으로 인도했다.

"그럼 선배님들, 이쪽으로. 오늘은 마음껏 지도해 주세요."

나는 주정뱅이들을 슬쩍 보며 문을 열어젖힌 후 본심 한마디를 덧붙였다.

"할 수 있다면 말이죠……."

나는 원래 수영부 출신의 수영 선수다.

마법은 물론이고 무술 역시 본직인 사람들에게 당할 재주가 없다.

하지만 선인은 말했다. '모든 것은 기초부터 시작한다' 고.

내가 손을 댈 수 있는 것은 신체 단련의 연장, 어디까지나 근력의 강화뿐이고 무술이나 전술 같은 건 프로 모험가였던 카렌 단장과 교관들에게 모두 맡기고 있다.

그러나 그 덕분에 신병 50명은 2주 전과 비교도 되지 않는 전투력을 갖게 되었다.

낮은 체력을 기술로 보충한다는 건 자주 듣는 이야기지만, 기술을 체력으로 커버하는 것도 진리 중 하나라고 생각한다.

세상에선 그런 걸 '힘에 의존한다' 고 하는 모양이지만.

그렇게 힘에 의존하는 훈련 광경을 보고 주정뱅이 선배들은 아연해서 술병을 떨어뜨려 깨고 말았다.

"3반, 스톤 골렘 100체 섬멸 개시! 다른 반보다 늦으면 추가다!!"

""""" 예, 알겠습니다!!"""""

남녀 반반씩 섞인 열 명이 카렌 단장의 호령에 대답하고는 일제히 훈련용 골렘을 목표로 내달렸다. 눈에 보이지도 않을 정도 스피드로.

그리고 대치한 대량의 훈련용 골렘에게 각자 손에 든 무기를 휘둘렀다.

해머를 든 사람은 정면에서 찍어 분쇄하고, 활을 든 사람은 정확히 발을 부숴 행동 불능 상태로 만들고, 검을 잡은 사람은 사선 베기로 양단하고, 창을 든 사람은 흉부 근처를 꿰뚫었다.

"뭐, 뭐야…… 이게?"

"스스스스톤 골렘이라니…… 한 마리에 여럿이 덤벼드는 거 아니야?! 그걸 백 마리나?!"

"말도 안 돼……. 고전하지도 않고……."

적어도 한동안은 병사였던 만큼 필요한 부분은 제대로 보고 있는 듯했다.

카렌 씨가 주정뱅이들이 떨어뜨린 병이 깨지는 소리를 알아챈 듯 말을 걸었다.

"좋은 아침, 유리우스. 오늘 아침은 꽤 느긋하게 왔군. 별일도 다 있네."

"안녕하세요, 단장. 오늘은 전하에게 보고하고 왔습니다. 그나저나 3반 사람들은 움직임이 좋네요. 군더더기가 없어요."

그런 이야기를 하는 동안 마지막 스톤 골렘마저 격파되어 3반의 파괴 쇼는 막을 내렸다. 그만큼 난전을 펼쳤는데도 모두가 호흡이 전혀 흐트러지지 않았다. 음, 뛰어난 폐활량이다.

"단장! 시간은 어떻습니까?!"

3반 리더가 기운차게 말하자 카렌 씨는 다섯 개 있는 모래시계를 비교하고는 씨익 웃었다.

"기뻐해라 5반! 영광스러운 추가 훈련은 너희 것이다!!"

"""""끄아아아악!!"""""

저쪽에서 지켜보고 있던 5반은 절망적인 비명 소리를 내고 다른 반은 안도의 한숨을 쉬었다.

덧붙여서 5반으로 나뉘어 있지만, 카렌 씨의 의향에 따라 전법은 제각각이다.

1반과 2반은 돌격 위주, 3반과 4반은 공수 균형, 5반은 방어 위주의 전법이 특기가 되도록 단련하고 있다.

"단장이 대기 위주의 싸움을 가르치지 않았습니까. 스피드 승부로 그들이 다른 반에 이길 리가 없을 텐데요……."

"뭐, 그건 그거고 이건 이거지. 그런데 유리우스, 아까부터 저쪽에서 멍하니 있는 그리운 얼굴들은 뭐지?"

카렌 씨는 마치 지금 깨달은 것처럼 시선을 향했다.

웃고 있는 것 같지만 눈에 전혀 웃음기가 없는 그 표정에 세 사람이 몸을 움찔했다.

술기운은 한참 전에 깬 모양이다.

"아, 그게, 우리는……."

"아, 단장. 정말 고맙게도 오늘은 선배님들이 직접 저희를 지도해 주신다는 모양입니다."

그렇게 말한 순간 세 사람 모두가 놀라는 시선을 내게 보냈다.

어라? 왜 그렇게 '쓸데없는 짓을?!' 이라는 시선을? 아까 여러분이 말한 거잖습니까?

"그, 그건?!"

"우, 우리는 저기……."

흘러내리는 대량의 식은땀이 그들의 심경을 말해 주었다. 술김에 선배인 양 하려고 왔더니만 거기에 이미 선배랍시고 어쩔 환경은 없었던 것이다.

병아리들은 어느새 용맹한 다른 생물로 변모했으니까 말이지.
"그거 좋군, 유리우스. 네가 2주 동안 가르친 성과를 보여주는 게 어떨까. 기왕 할 거면 직접 대련으로 하지. 선별해 주겠어?"
"""어엇?!"""
내가 지도자인 것에 놀란 건지, 아니면 2주 사이에 그들이 이 정도까지 성장한 것에 놀란 건지, 그것도 아니면…….
"그럼 마침 잘됐으니 추가 훈련은 선배들과의 대련으로 하죠. 제5반 여러분, 이쪽으로 와 주세요."
내 부름에 일어선 방어 담당 5반 멤버들을 본 선배들은 할 말을 잃었다. 간단히 말해서 거대한 근육 집단이었으니까. 우리 '잔물결'에서 방어를 담당한 사람들도 그랬지만, 지키는 것에 특화한 사람들은 이렇게 되는 경향이 있는 걸까?
급격하게 근육이 확대된 떡대 열 명이 호출에 따라 이쪽으로 다가왔다.
바닥에 효과음이 쿵, 쿵, 쿵 하고 깔릴 것 같은 박력. 그리고 어째서인지 모두 무표정이다.
자주 본 나도 약간 무서울 정도라서 처음 보는 사람은 어떨까 하고 뒤돌아봤다. 아니나 다를까, 선배 세 사람 모두 창백해진 얼굴로 덜덜 떨기 시작했다.
"그런 선배들, 시간도 때울 겸 마음껏 귀여워해 주세요. 가능하다면 말이죠."
"""시시시시시시실례했습니다!!"""
내가 처음에 했던 말을 굳이 되풀이한 순간, 세 사람은 도망치는 토끼처럼 훈련장에서 도망쳤다. 또 오시기를.

"어느 세계에나 저런 사람들은 있는 법이군요."

내가 그들을 지켜보고 말하자 카렌 씨는 한숨을 푹 쉬었다.

"저 녀석들도 원래부터 정신머리가 썩진 않았어. 아무리 노력해도 보답받지 못하는 일상이 싫어져서 저렇게 된 거니까 말이지."

단장으로서 그들이 타락해 가는 건 수치였으리라.

"저 녀석들에게 의욕이 생기려면 어떡하면 좋을지……."

사실 나도 그들의 마음은 조금 안다.

작년에 나나미를 만나지 않았다면 나 역시 저런 데 있었을지도 모른다. 그리 생각하면 도망친 그들을 비웃을 수 없다.

"보수, 책임, 자부심……. 이것저것 써서 다시 불러들일 수밖에 없겠네요. '어차피 노력해도 소용없다' 고 생각하고 있는 동안엔 어떻게 할 수가 없으니까요."

도망친 사람들이 지금부터 술집에라도 가서 오늘 일을 퍼트려 준다면…… 또 변화가 생길 테고.

금주용 메뉴라도 만들어 둬야 하려나?

"뭘 그렇게 생각하고 있어?"

"남 일만은 아니라는 생각이 들어서……. 아무튼 오늘도 잘 지도해 주세요, 스승님."

내가 그렇게 말하자 카렌 씨는 곤란한 듯 코를 긁었다.

"기특하기도 해라. 그렇지만 스승님 호칭은 그만두지 않을래? 유리우스는 내 훈련도 봐 주고 있으니까 영 어색하단 말이지."

그야 내가 근력 강화 트레이닝이나 유산소 운동 등을 지도하고 있긴 하지만, 무술에 관해서는 전직 모험가인 카렌 씨에게 당할 수 없다.

그러니까 나 역시 카렌 씨에게 지도를 받고 있다.

"카렌 씨에게 지도를 받고 있으니까 스승님 말고는 적당한 호칭이 떠오르지 않아요. 무엇보다 스승님의 전투법은 제 취향이고."

"그런가……."

모험가 시대에 동료를 공수 양면으로 지원해 온 카렌 씨는 그것만으로도 이해한 듯했다.

카렌 씨는 어디까지나 아군을 지키는 일을 중시하며 싸운다. 그런 전투법을 특기로 삼은 이유는 하나, '지키고 싶은 사람이 있으니까'.

미래시에서 나온 '나미의 최후'가 과연 현실로 나타날지, 나타난다면 언제일지는 모른다. 하지만 그때까지는 지킬 힘을 확보해야만 하는 것이다.

나나미를 지키기 위해서.

"뭐, 조금 기다려. 상대가 도망치는 바람에 5반에 추가 훈련을 시켜야 하니까."

"그럼 저와 대련해 주시지 않겠어요?"

갑자기 들려온 발랄한 목소리에 나와 카렌 씨가 흠칫했다.

"아, 안녕하세요. 엘누아르 님."

"어, 어, 엘. 오늘도 건강해 보이네……."

"예, 안녕하세요! 저는 오늘도 몸 상태가 최고랍니다!"

우와~ 그건 좀 곤란한데…….

"그, 그럼 나는 5반의 상태를 보러 가마!"

엘누아르 아가씨의 환한 미소에 카렌 씨가 당황한 듯 돌아섰다.

아! 도망칠 셈인가!

남겨진 내 앞에는 생글거리며 연습용 봉을 뱅글뱅글 돌리는 공작 영애…….

안 된다, 이젠 도망칠 수 없어.

내 훈련법을 통해 신병이었던 집단은 2주 만에 훌륭한 전사로 탈바꿈했다.

그러나 원래부터 무술의 달인이었던 사람들은 레벨업 수준이 달랐다.

몸을 움직이는 법, 무기 다루는 법을 오랫동안 확실하게 익혀 온 사람들에게 '회복 마법식 연속 초회복' 과 '마력을 이용한 근력 상승' 은 거의 반칙.

히어로의 변신 벨트나 마찬가지였다.

예를 들어 궁술이 특기인 카렌 씨는 숨을 멈추고 화살 백 발을 쏠 정도가 되고 말았다……. 괴물에도 정도가 있을 텐데.

그중에서도 성장이 두드러지는 사람이 제5병단 소속도 아닌데 거의 매일 나타난 엘누아르 아가씨였다.

마도사로서도 엄청나게 우수한데 봉술까지 익힌 사람에게 내 훈련법 두 가지를 가르친 걸, 지금은 약간 후회하고 있다.

마력으로 강화한 근력으로 휘두르는 봉은 풍압만으로 대지를 가르고, 찌르기를 하면 큰 바위에 예쁘고 둥근 구멍이 무수히

뚫린다. 엘누아르 아가씨는 마른 대지가 물을 빨듯 기술을 흡수하여 사용했다.

엘누아르 아가씨는 어떻게든 자신의 무술을 더 단련하고 시험하고 싶어서 견딜 수 없는 듯…… 최근에는 여유만 생기면 대련을 부탁하고 있다.

다만 실력으로 봐서 맞설 수 있는 사람은 카렌 씨와 나 정도다.

분명히 말해서 지금이라면 보통은 물론이고 달인 전사라도 맞설 수 없을 것이다.

지금의 엘누아르 아가씨는 그만큼 빠르고 강하다.

달인도 아닌 내가 대항할 수 있는 건 '유리우스의 몸' 덕분이다. 가진 마력은 적어도 사용할 수 있는 마법이 많은 이 육체는, 운동선수로서는 너무 사기급이다.

나는 포기하고 연습용 단검을 들었다. 전신의 근육, 신경, 혈액에 이르는 모든 곳에 마력을 전달하는 이미지로 신체 능력을 강화해 나간다.

그렇게 해야 간신히 엘누아르 아가씨의 고속 타격을 따라잡을 수 있지만…….

"그런데도 날이 갈수록 봉이 점점 안 보이는군요……."

내가 중얼거리자 엘누아르 아가씨는 기뻐하는 표정을 짓더니 봉을 든 오른손을 뒤로 숨기고 왼손을 정면으로 내밀었다.

쿵푸 영화에서 본 적이 있는 자세다. 영화에서는 폼을 잡는 건가 싶었지만, 실제로 정면에 서면 봉이 어디서 튀어나올지 알기 어려워지는 이점이 있음을 잘 알게 된다.

"그러면 오늘은 보이게 될 때까지 대련해 주세요!"

"이런 경우, 안 보이게 되면 엘누아르 님의 승리로 끝나는 게 아닙니까?"

내가 소극적으로 그리 말하자, 엘누아르 아가씨는 쿡쿡대며 웃었다. 매우 못된 얼굴로.

"어머나? 강함을 획득할 때까지의 무간지옥이 당신의 전매특허잖아요? 괜찮아요. 회복 마법을 사용할 수 있는 마도사는 대기하고 있으니까요!"

우와── 초특급 자업자득…….

성실하게, 그리고 실로 즐거운 듯 훈련에 힘쓰는 모습에서 나는 요즘 얼굴을 보지 못한 선배를 떠올리고 말았다.

병명 '시미즈 나나미 의존증'을 앓고 있는 나는 최근 금단 증상에 시달리고 있다.

주된 증상은 오감 중 하나로 '시미즈 나나미 성분'을 보급하지 못하면 짜증이 나서 병사들에게 터트리고 마는 매우 골치 아픈 것이다.

그러고 보니 요즘은 모두가 나를 악마처럼 보네…….

"나나미…… 잘 지내고 있으려나?"

*

저녁때를 지난 시간, 나나미는 동료들에게 "조금 바람을 쐬고 올게요."라고 말하고 발코니로 나왔다. 전신을 감싸는 차가운

바람이 기분 좋다.

나나미는 난간에 팔꿈치를 대고 한숨을 흘렸다.

"그림책이나 TV에서 본 것 같은 세계가 아닌 건 알고 있었지만, 상상 이상으로 힘드네."

귀족들과 인맥을 형성하기 위해 다이어트 교실 외에도 몸치장을 하고 야회나 다과회 같은 다양한 이벤트에 참가해 온 2주간.

원래는 여고생인 나나미도 점차 요령을 알게 되어 익숙해지긴 했으나, 동시에 질리기도 했다.

게다가 나나미는 최근 계속해서 '뭔가 부족해' 라고 느끼고 있었다. 그게 시간대가 맞지 않아 좀처럼 얼굴을 볼 수 없는 남자 때문임은 본인도 잘 알고 있었다.

'생각해 보면 수영부에서 알게 된 뒤로 주말과 휴일을 빼면 만나지 않은 날이 하루도 없었네…….'

강호 수영부이기에 기본적으로 매일 연습이 있고, 무엇보다 그가 매일 개인 연습에 함께해 주었다.

거기까지 생각이 미치면 요즘 그와 이야기하지 못한 사실에 답답한 뭔가를 느낀다.

그런 생각을 할 때가 아니라곤 생각하지만, 자신과 같은 처지이면서 푸념할 사람도 그밖엔 없으니까.

"아~ 겨우 끝났네……."

발코니 아래, 정원에서 갑자기 들린 목소리에 나나미의 심장이 세차게 뛰었다.

지금 생각 중이던 사람의 목소리가 갑자기 들렸기 때문이다.
인격이 뒤바뀐 타인의 몸인데도, 신기하게도 목소리만은 그도 자신도 변화가 없었다.
그러니까 그 목소리의 주인이 그이고, 지금 자신의 눈 아래에 있음을 알았다. 기뻐진 나나미는 발코니에서 몸을 내밀어 말을 걸려다가…… 멈추었다.
"아무리 그래도 너무 오래하고 있습니다. 게다가 점점 빨라지고 위력은 오르고."
"어머나, 그런 소리를 하면서도 당신은 착실하게 따라와 주시잖아요?"
분명히 녹초가 된 듯한 그를 향해 깔깔 웃는 공작 영애 엘누아르. 그 곁에 있는 것을 목격한 순간, 뭔가 가슴이 따끔했다.
"저는 내일도 시간에 여유가 있어요. 꼭 계속해서 대련해 주세요!"
"아, 내일은 스승님께 부탁하면 어떨까요? 자, 다른 상대를 상정한 훈련도 필요할 테고."
"하지만 스승님은 원래 원거리 위주이고 기술 면에서 저는 한참 모자라요. 체격과 기술, 거기에 경험까지 엇비슷한 상대는 당신밖에 없으니까요."
엘누아르는 어째서인지 손에 든 봉을 매만지면서 말했다.
그는 그 말에 단념한 듯 한숨을 쉬었다.
"하아, 알겠습니다. 하지만 전체 훈련이 끝난 뒤로 해 주세요, 엘 님."

"후후후. 잘 부탁드려요, 선생님."

대화 자체는 대단한 내용이 아니었다.

내일 훈련에서 대련하기로 약속하는, 그뿐인 대화였다.

그런데도 나나미는 가슴을 누르며 주저앉고 말았다. 자기 안에 있는 '불쾌한 무엇인가'를 억누르려고.

그 '불쾌한 무엇인가'는, 지금 그들이 나눈 대화에서 마음에 들지 않은 부분을 멋대로 주워 모았다.

'엘 님이라니……. 어느새 애칭으로 부를 만큼…….'

실제로는 그다지 특별한 일이 아니고, 엘누아르 아가씨는 조금이라도 교류가 있는 상대에게 '부르기 어렵죠? 엘이라고 불러요.' 라고 말한다. 하지만 그런 사정을 모르는 나나미에게는 '불쾌한 무언가'에 지나지 않는다.

점점 부풀어 오르는 '불쾌한 무언가'는 점차 가슴속에서 일방적인 생각을 떠오르게 한다.

그의 조언을 받고 기뻐하며 칭찬하던 라이라.

대련을 신청하고 '할 수 없네요' 라는 대답을 받고 있던 엘누아르 아가씨.

두 사람에게 별다른 생각이 없다는 건 알고 있다. 그런데도 나나미는 자기 입에서 흘러나오는 말을 참을 수가 없었다.

"유리는…… 내………… 인데……."

막간2 ⚜ 후배 집사의 고뇌

요즘 선배가 이상하다…….

이 세계 '일본'에 온 나는 지금까지 상상하지도 못했을 만큼 평화롭게 생활하고 있다.

이 몸의 원래 주인 '미즈마치 유리'의 기억을 기초로 그 생활 환경에 영향이 가지 않도록 신경 쓰고 있기는 하지만…….

다행히도 나와 그는 성격이 심하게 다른 것도 아니라서 기껏해야 말투 정도만 조심하면 되는 정도다. 그 덕분인지, 미즈마치 유리의 가족들도 이상하게 느끼지 않게 잘 넘어가고 있는 듯하다.

그러나 문제가 발생한 것은 내 쪽이 아니라 미즈마치 유리가 좋아하는 상대인 '시미즈 나나미' 양이다.

어째서인지 내가 미즈마치 유리와 바뀐 것과 같은 시기에 태도가 묘하게 서먹서먹해졌다.

처음엔 인격이 다른 탓에 위화감을 주고 있나 싶어서 불안했지만, 아무래도 그런 건 아닌 것 같고…… 정확히는 나와 접촉하기 조금 전에 태도가 바뀐 듯했다.

잘라 말해서 과거 나나미 양이 미즈마치 유리를 대하는 태도는 지나치게 거리낌이 없었다.

아무렇지도 않게 그의 손을 잡고 끌어안으며, 간접 키스는 대체 몇 번이나 있었는지. 유리는 그럴 때마다 어쩔 줄 몰라 하며 설레다 낙담하곤 했었다.

그런데 처음…… 즉 유리우스인 내가 유리가 되어 처음으로 나나미 양, 선배를 만난 그 순간 노골적으로 시선을 피했다.

유리의 몸에 남겨진 기억을 돌이켜도 선배답지 않은 행동.

최근에는 교내에서든 수영부 활동 중에서든 묘한 시선을 느낀다 싶어서 그쪽에 눈길을 주면 그쪽에 선배가 있다. 그리고 냅다 시선을 돌리는 행동이 빈번하게 일어나고 있었다.

매우 안 좋은 예감이 든다.

그리고 오늘 방과 후, 결정적인 사건이 발생해 버렸다.

"미미미미즈마치 군, 이번 일요일에 시간 있겠죠?! 저, 저랑 외출해요!"

어째서인지 삿대질을 하며 마치 귀족 아가씨 같은 명령조로 그렇게 말하는 선배의 얼굴은 새빨갛다. 명백하게 혼란스러워하고 있다.

'그분' 을 떠올리게 하는 말투인데 전혀 불쾌하지 않고, 오히려 부끄러움을 감추려는 걸 알 수 있어서 귀엽다.

시선을 느끼고 그 뒤를 보자, 건물 뒤에서 훔쳐보던 사치코 선배가 '잘 말했다!' 는 듯 승리 포즈를 취하고 있었다.

내게는 그때 승낙하는 것 말고 다른 선택지가 없었다.

미즈마치 유리의 방으로 돌아온 순간, 나는 허물어지고 말았다.

……최악이다.

자기 자신의 경솔한 소원에 절망조차 느낀다.

나는 정말 무슨 짓을 해 버린 걸까.

이게 천진난만하고 남녀 문제에 둔감한 나나미 양이 수줍어하는 순간이었다면, 그것은 그 아가씨를 사랑하는 미즈마치 유리가 보았어야 할 최고의 순간이었을 텐데.

"노력에 노력을 거듭한 그에게 선배가 처음으로 데이트 신청을 해 주었는데…… 나는 대체 무슨 짓을 한 거야!!"

그 순간은 확실히 최고의 표정…… 마치 어린 시절 나미 아가씨가 나를 '유리우스 오빠'라고 부르고 부끄러운 듯 손을 잡아 주었을 때와 맞먹을 정도로 사랑스러웠다.

결코 완전한 다른 사람인 내가 남의 예금을 강탈하듯 훔쳐도 되는 게 아니다.

나, 나는…… 대체 어떡하면 좋을까.

신이여! 더럽혀진 내 영혼 따윈 어떻게 되어도 괜찮습니다!

벌이 필요하다면 미래영겁으로 이어지는 괴로움이라도 기꺼이 받아들이겠습니다!!

그러니 부탁합니다! 당장 미즈마치 유리를 이 몸으로 되돌려 주세요!!

전생종자의
악정개혁록
블랙·크로니클

3장 블랙 프린스와 다크 프린스

마도 왕국 살바도르는 왕정치고는 드물게도 국왕이 측실을 들이지 않는 것으로 유명하다.

애처가로 알려진 현 국왕이 왕비 이외의 다른 아내를 거부하는 것도 사실이지만, 다른 이유도 있다.

'마력 지상주의' 에 회의적이었던 국왕은 당장에라도 큰 개혁을 일으킬 생각이었다.

그러니까 함부로 다방면에 접점을 만들지 않고 자신의 혈통을 하나로 좁힌 것이다.

후사 염려도 있었지만, 아들 셋과 딸 둘로 자식 복이 있어 그쪽 문제는 걱정하지 않아도 되었다.

다만 하나, 선대 국왕에 심취한 친자식들과 의견이 갈려 나라가 둘로 쪼개질 상황이 만들어진 것 말고는.

그런 다툼 도중 왕가에서 홀로 국왕이 추천하는 실력주의 '반마력 지상주의' 를 공언하는 아스루 D 살바도르는 현재 '마력 지상주의' 의 최고 권력자에게 호출을 받고 있었다.

성 회의실로 간 아스루의 눈앞에는 나라의 중진이라고 할 수 있는 자들이 불쾌함을 숨기려고도 하지 않는 상태로 그를 보고 있었다.

'이거 참, 미움받고 있구만.'

아스루는 내심으로 푸념하고는 자신을 주목하는 중심 인물에게 입을 열었다.

"아스루 D 살바도르, 부름에 따라 방문했습니다. 상당히 오랜만에 뵙습니다만…… 무슨 일이십니까? 형님."

머리카락의 색은 아스루처럼 은색에다 심지어 용모도 비슷한데, 표표하고 어딘가 여유가 있는 아스루와는 명백히 다르다.

눈앞의 남자는 사납게 치켜 올라간 눈에 흘러넘칠 듯한 살기를 담아 아스루를 노려보았다.

그의 이름은 샤사르 D 살바도르, 이 나라의 첫째 왕자로 아스루의 형이다.

"무슨 용건이냐고? 너는 자기가 대체 뭘 하고 있는지, 살바도르에게 얼마나 해악을 끼치고 있는지 알고 있는 거냐?!"

"글쎄요, 제가 뭔가 문제가 있는 일을 했습니까? 왕족으로서 소행이 좋지 못하다는 자각은 있습니다만."

갑자기 고함치는 형에 대해서도 아스루는 시치미 떼는 표정을 무너뜨리지 않았다.

그런 그를 향해 옆에 서 있던 샤사르의 측근이 손에 든 서류를 읽기 시작했다.

"우선은 얼마 전 학원이 여름 방학에 들어간 후 빈번히 열리고 있던 슈라이엔가의 외동딸 나미 주최의 다과회……를 위장한 교실입니다."

“영광스러운 명가의 부인과 영애들에게 그 영애가 ‘다이어트 교실’ 이라는 걸 퍼트리고 상스럽게도 운동을 권해 선생님이라고까지 불리고 있다고 한다. 주도자는 네놈이겠지!”

‘마도에 전념하는 귀족은 적대시에도 우아해야 한다. 괜히 몸을 움직이는 것은 평민처럼 야만적인 행위……란 말인가.’

주위를 둘러싼 가신들은 샤사르의 말에 수군대며 눈썹을 찌푸렸다.

은근히 아스루를 멸시하려는 것이지만 그는 여유 있는 표정을 무너뜨리지 않았다.

“이런, 나미 양이 강요한 적은 한 번도 없을 터입니다만? 애써 참가하고 있는 건 귀족 부인과 영애들이지요. 무려 ‘차가웠던 남편이 갑자기 자상해졌다’ 며 감사하는 부인도 계신다던데?”

아스루가 그렇게 말한 순간 얼굴을 돌린 중진이 몇 명 있었다. 짚이는 부분이 있는 것 같다.

측근은 이 화제로는 공격하기 어렵다고 판단한 듯 서류를 넘겼다.

“그뿐만이 아닙니다. 전하가 파견하신 자들이 왕국군 곳곳에서 문제를 일으키고 있습니다!”

“문제? 무슨 이야기인가. 내 지인 중에 최강을 공언하는 살바도르 왕국군에 문제를 일으킬 만한 사람이 있었던가?”

“시치미를 떼지 마십시오!”

아스루의 모습에 더는 참지 못하게 된 듯 약간 배가 나온 중년이 일어섰다.

그는 왕국군 중 한 명, 제1병단의 단장이었다.

"아스루 전하가 왕국군에 배속한 평민들 말입니다! 배속 첫날부터 명가에서 맡긴 자제에게 시비를 걸고 상처를 입힌 것입니다! 일부 백작가에서는 이미 불평을 하고 있습니다. 대체 무슨 생각으로……."

그 건은 엘누아르의 보고로 이미 알고 있었지만 불평하는 내용에 진심으로 머리가 아파졌다.

"이상한 일이로군, 제1병단장. 우리 왕국군은 대체 언제부터 탁아소가 되었지?"

"무, 무슨 말씀을?!"

아스루는 이마에 손을 짚으며 그를 노려보았다.

"그럼 만약 귀하가 탁아소의 소장이라면, 왜 영광스러운 명가가 참가한 제1병단은 신분 낮은 평민의 배속을 거절하지 않았을까?"

아스루는 일부러 영광스럽다거나 탁아소처럼 껄끄러운 말을 선택했다.

"무, 무슨 말씀을 하고 싶으신 겁니까?"

"전쟁은커녕 싸움조차 제대로 해 본 적 없는 도련님 병단에 마법을 쓸 수 없는 좋은 장난감이라도 제공할 셈이었나?"

"!!"

정곡을 찌르는 말에 제1병단장의 몸이 움찔했다.

실제로 과거에는 그런 의도로 배속된 평민이 있었다.

선왕 시대에는 희롱당하다 살해된 경우도 있다.

"기껏해야 평민이니 부하들이 심심풀이에 쓰고 좋아하면 되겠다 생각했겠지? 그러다가 자기네가 물리니까 뒤늦게 불평하다니…… 참으로 훌륭하군."

"아, 아니…… 그럴 생각은 전혀……."

"게다가 그들은 전부 15인, 그에 비해 제1병단은 전부 몇 명이었을까? 세상 물정 모르고 킹 킬링의 승리에 들뜬 바보 왕자인 나로서는 배속 직후에 그들이 쫓겨나서 '마력 지상주의' 로 뒤바뀔 계기가 되지 않을까 기대했었네만."

"큭……."

그렇게 말하면 반론할 수가 없다.

어떻게 말을 꾸며도 '왕국 최강' 이라 공언하던 제1병단이 몇 안 되는 평민에게 패배한 건 사실이니까.

"모두 뭔가 착각하고 있는 게 아닌가? 확실히 폐하나 나는 살바도르의 역사에서 보면 이단이고 사상의 차이가 있음을 인정한다. 그러나 내가 바라는 건 결과뿐이다."

당황한 사람들을 둘러본 아스루는 시선을 진지하게 바꾸며 단언했다.

"왕국과 백성을 지킬 수 있는 강자라면 '마력 지상주의' 건 '반 마력 지상주의' 건 전혀 상관없다. 하지만 출세하기 위한 발판으로 삼으려고 가문의 이름 아래 과보호를 받고 있던 자가 정말 강자란 말인가?!"

"그, 그러나…… 그러면 왕국군의 위신이……."

그런데도 현재 상황을 무너뜨리고 싶지 않은 제1병단장이 입을 열려 하자 아스루는 차가운 시선을 보냈다.

"결과를 바라고 가장 먼저 나미 양에게 가르침을 구하는 걸 보면 불필요한 프라이드를 내세우는 자들보다 부녀자들이 훨씬 더 냉정하게 사물을 보고 있지. 차라리 부녀자들이 왕국군을 통솔하는 게 맞지 않겠나?"

"저, 전하! 아무리 그래도 말이 지나치십니다!!"

아스루의 말투에 제1병단장이 격분했지만 첫째 왕자 샤사르가 일어나서 한 손으로 그를 제지했다.

"아스루, 그렇게까지 말할 거라면 하나 내기하지 않겠느냐?"

사납게 노려보며 씨익 웃는 그 모습에는 확실히 왕족다운 박력이 있었다.

"내기…… 말입니까, 형님."

"몇 주 후, 그렇지……. 너에게 맞추어 여름 방학 마지막 날로 해 주지. 너와 내가 생각하는 최강의 전사를 선별해서 결투를 하자."

"결투…… 킹 킬링 같은 것입니까?"

아스루가 그렇게 말하자 샤사르는 노골적으로 불쾌한 듯 고개를 흔들어 부정했다.

"이전처럼 잔재주를 피워서는 진정한 강함은 알 수 없지. 결투는 2대 2, 네가 이기면 마음대로 왕국군에 개입해도 좋다. 하지만 내가 이겼을 때는…… 이후 너는 내 수하로서 일해 줘야겠다만……."

"내기……라고 하기에는 제 부담이 너무 큰 것 같습니다만?"

"왕가에서의 방출이나 목을 거는 것도 아니잖느냐. 이것도 꽤 양보한 것이다만. 게다가 이러면 네가 말하는 결과라는 게 매우 알기 쉽겠지."

"………과연."

강함을 증명하고 자기가 주장하는 이상이 올바름을 나타내라. 이런 말을 들으면 물러설 수가 없다.

'역시 학원의 도련님들처럼 간단히는 안 되나. 썩어도 제1 왕위 계승자라고 할까?'

"괜찮겠습니까? 그런 내기를 해도. 아스루 전하의 부하는 경험은 부족할지 몰라도 상급 마도사들을 쓰러뜨렸습니다만?"

그건 자군 병사의 경험 부족을 인식하고 있으면서도 아무것도 하지 않았던 남자의 말이었다.

걱정하는 제1병단장을 날카롭게 노려본 후 샤사르는 품에서 어떤 양피지를 꺼냈다. 그것은 어떤 백작가의 자식, 슈라이엔 가의 집사가 '백작 A' 라고 부르는 자의 보고서였다.

"걱정할 필요는 없다. 마침 흥미로운 보고를 받았으니 말이다. '마력 지상주의' 의 수치가 보낸 것이지만, 그래도 도움이 되는 정보다."

「어린 시절부터 그 영애가 마법을 사용하는 모습은 확인된 적이 없다. 이번 킹 킬링에서는 스스로 마법을 금지해 사용하지 않았다. 이를 통해, 공작 영애 나미 슈라이엔은 마법을 사용할 수 없는 것이라고 고찰한다.」

그것은 관중의 면전에서 마법이 아닌 힘에, 평민에게 쓰러진 백작가의 자식이 분함을 달래기 위해 쓴 글이었다.

사람들 대부분은 패장의 망언이려니 하고 거들떠보지도 않았지만 첫째 왕자 샤사르는 거기에 주목했다.

패자의 망언, 그 가능성을 찾아낸 자는 나미에게 최악의 인물이었다.

"슈라이엔 공작가의 외동딸, 방대한 마력을 가진 그 영애가 마법을 사용할 수 없다면……. 이건 재미있는 일이 되겠군. 크크큭…."

그렇지 않아도 날카로운 눈매로 그렇게 웃는 모습은 추종자조차 잡아먹힐 듯한 위기감을 느낄 만큼 불길해서, 결국 일제히 온몸을 떠는 처지가 되었다.

*

그곳은 킹 킬링 때와는 다른, 흔히 말하는 무대 위. 관중이 지켜보는 가운데 나미가 대전자 두 명과 싸움을 펼치고 있다.

어째서인지는 모르지만 홀로 있다.

이미 무수한 공격을 받은 듯 의복은 곳곳이 불타고 전신 곳곳에 멍과 출혈이 보일락 말락 했다.

그런 상황인데도 나나미는 굳세게 상대를 노려보고 있었다.

「불쌍하군, 나미 양. 늘 함께 있던 집사는 어떻게 됐지? 뭐, 저급 마법도 제대로 못 쓰는 불쌍한 낙오자가 겁을 먹었다고 해도 이상할 건 없겠지만.」

검은색을 기조로 하고는 있지만 묘하게 디자인이 요란스러운 로브를 입은 남자는 그렇게 말하며 공격 마법을 쏘았다. 나나미는 간신히 공격을 피했지만, 풀 플레이트 갑옷을 입은 자에게 추가 공격을 받고 날아갔다.

「윽!」

「…………….」

마력으로 강화된 근력 덕분에 나나미는 보통 사람보다 훨씬 재빨리 움직일 수 있다. 그런데 갑옷을 입은 인물은 그 움직임을 따라잡고 있었다.

그뿐만이 아니라 공격할 때마다 나나미의 표정이 일그러졌다. 무술, 근력, 뭘 봐도 그 전사가 아득히 높은 수준임을 알 수 있었다.

솔직히 이 나라에는 아까울 정도의 달인이다.

적이 원거리와 근거리 양쪽에서 빈틈없는 공격을 반복해서, 공세에 나설 틈이 없었다.

2 대 1, 그것도 역량이 위인 상대에 대해서 선전하고 있긴 해도 점차 밀리며 방어만 하게 되어 갔다.

하지만 나나미는 그래도 대담한 미소를 지으며 말했다.

「걱정하지 않아도, 그 사람은 반드시 와요.」

그리고 풀 플레이트의 전사와 나나미가 칼날을 맞댔을 때, 마도사 남자가 갑자기 무대에서 뛰어내렸다.

「어?」

「?!」

나나미는 물론이고 대치한 전사조차도 그 행동의 의미를 알 수 없는 모양이었다.

즉, 들은 적이 없어서 이해할 수 없었던 것이다.

자신들의 발밑, 무대를 전부 메운 방대한 전격이 발생할 때까지는.

「서, 설마 아군을 희생해서?! 아아아아아아아아악!!」

「!!!!!!!!」

마도사는 굉음을 울리며 전류가 내달리는 무대를 만족스럽게 보고 있었다.

처음부터 무대 위에 전격 마법 함정을 설치해 두었던 것이다.

「천한 평민도 쓰기에 따라서는 도움이 되지. 영광으로 생각하거라. 네놈은 위대한 마도사에게 도움이 되었으니까.」

저런 달인조차 버리는 돌로 쓰고, 마법을 못 쓴다면 자신들보다 뒤떨어진다고 단언하는 남자.

나나미는 저주하며 풀 플레이트 전사와 함께 쓰러졌다.

「이…… 쓰레기.」

*

"지금 본 건……."

정신을 차리자 그곳은 성안에 병설된 기숙사의 방이었다. 왕자의 조치로 우리 '잔물결'은 1인 1실을 쓰고 있다.

역시 방문자용 객실 정도는 아니어도 혼자 휴양하기엔 충분하고, 일반 병사들은 방을 함께 쓰는 것이 기본이니 파격적인 취급이다.

그런 방에 설비된 침대 위에서 나는 지금 본 꿈을 떠올리고 있었다.

'마력 지상주의'가 준비한 시합에서 나나미가 패배하는 영상.

그게 몇 번 경험했던 환몽 마법에 의한 미래시임을 나는 감각적으로 확신하고 있었다.

"하지만…… 평소라면 한순간에 끝나는 미래시였는데 이번은 묘하게 길군. 게다가 백일몽이 아니라 완벽한 꿈이었고."

게다가 신경이 쓰이는 것은 그 시합에서 나나미 곁에 내가 없었던 사실이다.

'그 사람은 반드시 와요.'라며 나나미는 마지막 순간까지 의심하지 않았던 것 같지만.

꿈이라곤 해도, 나는 대체 뭘 하고 있던 거냐! 중요할 때 없어서 어쩌자고!

"애초에…… 그 마법은 나나미와 접촉하지 않는 한 발동하지 않는……."

거기까지 중얼거리고 간신히 깨달았다.

해도 뜨기 전인 미묘한 시간대에 내가 왼손으로 무언가를 잡고 있다는 걸.

그건 의심할 여지 없이 사람의 손이었다. 그것도 여자의.

나는 녹슨 양철 인형처럼 끼기긱 고개를 옆으로 돌렸고…….

"쿠~~~~ 울~~~~~~."

편하게 잠든 나나미의 얼굴이 눈에 들어왔다.

"!!!!!!"

이 긴급 상황을 뇌가 이해하지 못했다!

어?! 뭐지?! 아직 어두운데?! 그리고 여긴 내 방인데?!

일어나니까 나나미가 옆에서 자고 있다니, 이게 뭐야?! 대체 무슨 상황이야?!

기다려, 침착하자! 냉정하게 어제 상황을 떠올려!

제5병단 훈련을 끝내고 엘누아르 아가씨와 대련을 해 준 다음 녹초가 되어 돌아오면서, '오늘은 파티에 갔다' 는 정보를 듣고 오늘도 나나미랑 이야기하지 못했다는 생각을 하며 취침……. 음, 딱히 별일은 없었군.

그렇다면 이 상황은…….

"우~~~~웅~~~~~~."

"……………………."

옆에서 들려 오는 숨소리가 귀엽고 요염하다. 그 목소리가 들릴 때마다 사고가 뚝뚝 끊어진다.

어쩐지 자신 안의 무언가가 녹아내릴 듯한…….

그러고 보니 요즘 나는 '시미즈 나나미 성분 부족' 에 시달리고 있었지…….

그렇다면 서둘러서 한껏 성분을 보급해야…….

"………………엉?!"

나는 요즘 스스로도 신용하지 못할 정도로 다 죽어 가던 '이성' 이 더더욱 녹아내리고 있음을 깨닫는 동시에 오른손이 무의식적으로 움직이고 있던 것에 화들짝 놀랐다.

뭐, 뭐하는 거야 오른팔아?! 왜 자고 있는 나나미를 끌어안으려고 하고 있어?!

진정해! 지금은 아직 그럴 때가 아닌……지 어떤지는 모르겠지만 암튼 기다려!!

마차에서 하는 공주님 안기에 비할 바가 아니다. 같은 방에서 동침이라니 너무나도 무방비하잖아!!

게다가 모른 척하려고 하고 있었지만, 나나미와 나미는 머리카락이나 눈동자 색, 키는 달라도 기본적 용모는 비슷하다.

게다가 내용물이 바뀌면서 표정을 짓는 방법도 바뀌었는지 지금은 위화감 없이 '나나미' 로 보게 된다.

즉, 무슨 말을 하고 싶은 거냐면…… 빨리 여기서 탈출하지 않으면 위험하다는 것이다!

하지만 몸이 움직이지 않았다.

나나미가 왼팔을 완전하게 봉쇄하고, 게다가 손을 잡고 있는 탓에 몸이 움직이지 않…… 아니, 거짓말은 그만두자.

몸도 마음도 침대에서 나가기를 거부하고 있다.

한겨울 탁자난로나 이른 아침의 이불보다 몇백 배나 미련이 남는다.

같은 침대에서 몸을 맞대고 있다. 실로 도원향이다.

부드럽고 따뜻하고 좋은 냄새……. 이대로 꼭 끌어안으면 더 더욱 천상의 세계가…… 아니, 안 되지 안 돼!!

나나미가 잠든 사이에 무슨 짓을 하려는 거야!!

아, 아무튼 이 세상에서 가장 풀고 싶지 않은 왼팔 조르기, 홀리 록을 풀지 않으면 움직일 수가 없다.

이젠 위독한 상태인 이성을 총동원해 손을 빼고 악수를 풀어서 탈출을 시도했다.

그러나 손을 빼려고 하면 나나미의 왼손이 다시 붙잡는다.

부드러운 힘이지만, 확실히 얽히는 형태로.

"이, 이건! 내가 꿈꿔 왔던 손깍지?!"

환희의 절규가 나올 것만 같다. 원래 스킨십에 거부감이 없는 나나미이지만, 당연히 고등학교에서는 어느 정도 절도가 있었다.

그렇기에 내게는 '언젠가 선배와 하고 싶은 스킨십 랭킹' 이 있었다.

나로서도 좀 기분 나쁘다고 생각하지만 최근에는 이 랭킹에 퍽퍽 '완료 도장' 이 찍히고 있다. 공주님 안기, 허그, 옆에서 자기, 손깍지…….

만약 사귀고 있는 사이라면 참으로 사이좋은 커플이겠지.

나는 자기도 모르게 손을 맞잡다가…… 정신을 차렸다.

아니아니, 그건 안 되지?! 옆에 누운 데다 손깍지라니!!

이건 위험하다! 마음속으로 부르는 것이지만 지금은 그녀를 다시 선배로 부르자.

친근함보다 존경심을 강조해 이성을 되살리는 거다!

애초에 왜 선배가 나와 함께 자고 있는 걸까?

「애는 있지~ 평소엔 이렇지만 마음 놓을 수 있는 상대라면 잠결에 어린애처럼 구는 경우가 있어. 예전엔 응석쟁이였던 영향이라나 봐.」

내 머릿속에서 사치코 선배의 말이 되살아났다.

그, 그렇군! 선배는 다른 세계에 와서 불안했던 거다.

이건 일종의 향수병. 유일하게 같은 곳에서 온 내게 기대게 된 것이겠지.

그렇게 결론을 내자 핑크빛이던 머릿속이 단번에 가라앉았다.

지금 내게 필요한 건 오빠가 여동생을 대하고, 아버지가 딸을 대하는 것 같은 가족애의 연장이겠지.

마음을 결정하자 이성도 점점 되살아난다.

"우웅……. 안 돼…… 유리……."

안 된다! 이성의 심장 박동이 약해져!! 이성아! 이성 씨이!!

이성은 사망하셨습니다.

머릿속의 흐릿한 핑크가 쇼킹 핑크로 랭크업했습니다.

대체 무슨 꿈을 꾸고 있는 거죠, 선배?! 평온하게 잠들어선 잠꼬대로 내 이름을 부르다니, 대체 무슨 꿈을?!

"할 때는, 이름……."

마음 읽고 있는 건가요, 당신?! 아니, 그보다 지금 뭔가 할 때라고 말했죠? 저기, 무슨 꿈을 꾸고 있는 거죠?!

결국 간신히 이성을 부활시키는 데 성공한 나는 침대에서 탈출할 수 있었다.

탈출했을 때 주변은 완전히 밝아진 후였지만…….

"미안. 요즘 그다지 이야기하지 못했으니까 직접 방에 왔는데…… 너는 이미 자고 있었고 나도 졸리네~ 싶었는데 옆에 빈 공간이 있어서……."

간신히 깨어난 나나미는 역시 난처한 듯 얼굴을 붉히고 있었다.

이거는 화내야 할 일인가? 아니면 기뻐해야 할 일인가?

나는 이불에서 탈출한 후에도 나나미의 온기에 사로잡혀 전혀 움직일 수가 없었다.

그보다 잠에서 깨어 흐트러진 머리로 침대에 무릎 꿇고 앉아서는 장난치듯 머리에 모포를 뒤집어쓰지 말아 줄래요? 고개도 기울이지 말아요!! 끌어안고 싶어지잖아요?!

"아니, 저기 저도…… 요즘 선배와 느긋하게 이야기할 시간이 나지 않는다고는 생각하고 있었으니까."

"선배라니……."

"죄송해요. 당분간 이름으로 부르는 건 참아 주세요."

적어도 같은 방에 있는 동안은 '타인처럼 행동하는 벽'을 만들어 두지 않으면 정말로 이래저래 난감하다.

그러나 나의 조금 복잡한 심정을 모르는 듯, 나나미는 침울한 표정을 지었다.

"엘누아르 씨는 애칭으로 부르게 되었는데…… 나는 이전으로 돌아갔네."

"예?"

잠시 무슨 말을 들었는지 이해하지 못했다.

엘누아르 아가씨의 애칭이라니 본인이 '부르기 귀찮겠죠? 엘이면 돼요.' 라고 말해서, 사실 진짜로 귀찮다고 생각하고 있었기에 이거 잘됐다 싶어 부르게 된 걸 말하는 걸까?

"라이라도 너에게 조언을 받았다고 기뻐하고 있고……. 네가 평가받는 건 기쁘지만 모두가 너에게 의지하고 있고……."

"으음?"

"너는 내가 마음에 든 상대인데……."

쾅! 나나미가 삐친 듯 그렇게 말한 순간 나는 자신의 머리를 후려쳤다.

상당히 진심으로, 기절해도 이상하지 않을 위력으로.

"으앗?! 뭘 하는 거야, 유리?!"

"신경 쓰지 말아 주세요. 신경 쓰면 패배하는 거예요."

걱정해서 다가오는 나나미를 향해 나는 엄지를 들어 대답했다.

아픔 덕분에 냉정해질 수 있었던 것 같네……. 위험했다.

막무가내로 끌어안아 버릴 뻔했다.

이세계에 와 버린 후 향수병 같은 감정이 생겨서 유일하게 같은 곳에서 온 나를 방문해 준 것이라고는 생각한다.

하지만 선배에게 그런 말을 들을 수 있을 줄이야……. 기쁜 것인지 부끄러운 것인지도 모르겠다.

"저도 바빠서 느긋하게 이야기도 나눌 수 없어서 안절부절못하고 있던 참이에요. 괜찮다면 2주 동안 있었던 일의 정보를 교환할까요…… 나나미."

"응, 물론이야."

그 나나미가 나 때문에 질투했다.

그것만이라도 이 세계에 온 보람이 있었다고 생각했다.

*

그 무렵, 마침 유리우스가 묵고 있는 방에 접근하는 여자가 한 명 있었다.

'요즘 스스로도 강해져 가는 걸 알 수 있네요. 그 훈련법은 말도 안 돼요.'

그 사람은 바로 에델슈타인 가문의 영애 엘누아르였다.

좌우명은 '절차탁마'.

함께 성장해 무한하게 향상되어 갈 수 있는 사람의 출현은 그녀를 점점 더 들뜨게 하고 있었다.

그 상대이자 최근 타깃이 유리우스다.

그 '호적수'에게 아침 연습을 권하고자 방을 찾으려 했다.

그런 생각이었으나…… 유리우스의 방을 목격한 순간 그늘에 숨고 말았다.

그 눈에 뭔가 굉장한 모습이 뛰어들었기 때문에.

'엇?! 저 사람, 나미 님……이죠?'

유리우스의 방에서 나온 건 그의 주인인 나미 슈라이엔이었다.

단, 그뿐이라면 몰라도 문제가 하나 있었다. 나미 슈라이엔이 잠옷 차림이라는 점이다.

"하지만 역시 조심해 주세요. 어쨌든 아가씨와 집사라는 관계에서 이런 게 들켰다간……."

"으…… 확실히 경솔했네."

'과, 관계?!'

이야기의 내용에 자기도 모르게 소리를 지를 것만 같은 입을 막는 엘누아르.

'그러고 보니 나미 님은 어느 순간부터 갑자기 전하에게 접근하는 것을 멈췄지요. 그리고 학원 내에서 소원했던 유리우스 씨와 함께 행동하게 된 것도 그 무렵부터예요!'

엘누아르는 머리에서 주전자처럼 쉭쉭 김을 내며 얼굴을 새빨갛게 물들였다.

'만약…… 만약 두 분이 그때부터 맺어진 거라면 아귀가 맞아요!!'

이러니저러니 해도 엘누아르도 나이가 찬 몸, 그런 화제에는 흥미가 넘쳤다.

슬쩍 보면 얼굴을 붉히고 어색한 듯 시선을 피하는 두 명.

어젯밤 그 방에서 무엇인가 있었음은 상상하기 어렵지 않다.

'그럼 이건 공작 영애와 종자가 밀회하는 순간이군요?! 꺄아아아아아! 저, 말도 안 되는 걸 보고 말았어요!!'

*

오랜만에 나나미와 느긋하게 이야기한 그날, 아스루 왕자가 우리 '잔물결' 을 소집했다. 장소는 첫날에 모였던 것과 같은 방.

나나미와 함께 입실하자 이미 친숙한 얼굴들이 모여 있었다.

"여, 잘 지냈어?"

의기양양하게 말을 걸어오는 슬레거와 달리 마도 연구실에 배속되어 있던 라이라 씨는 소파에 몸을 파묻고 잠들어 있었다.

"아무래도 '자신의 아이디어를 실현할 수 있는 마도 연구실의 환경과 설비' 에 흥분하는 통에 요새 제대로 잠자지 않았다나 봐."

"여, 모두. 호출해서 미안하군."

여자들이 잠든 라이라 씨를 찌르며 노는 동안 평소처럼 산뜻한 미소를 지으며 아스루 왕자가 나타났다. 그러나 옆에 있는 엘 아가씨에게 나나미가 인사하려 하자, 새빨갛게 된 얼굴을 휙 돌렸……. 어라?

변함없이 너무 훈남이라 어딘가 수상한 왕자가 의자에 앉아 입을 열었다.

"자, 갑작스럽지만 잔물결 여러분. 2주 동안 왕성의 여러 부문에 가 있었는데…… 어떤 느낌이었지? 기탄없는 감상과 의견을 들려줘."

그렇게 말하는 아스루 왕자는 고압적인 태도 없이 부드럽게 웃고 있고 있는데, 어째서인지 얼버무릴 생각은 전혀 들지 않게 만든다. 이런 게 고귀한 카리스마가 가진 분위기일까?

질문하는 왕자에게 가장 먼저 입을 뗀 사람은 나나미였다.

"제가 매일 연 다이어트 교실 말인데, 처음엔 '마도사가 몸을 움직이는 것' 에 회의적이랄까 저항감이 있던 것 같네요. 하지만 서서히 수용하게 되며 '운동은 건전하고 즐겁다' 는 의식이 싹튼 것 같아요. 하지만……."

"뭔가 문제라도?"

"예. 운동하는 일에 주위가 부정적이어도 살을 빼고 싶다, 좋은 몸매를 갖고 싶다는 여자들을 위해 다과회 스타일을 취하고는 있지만…… 슬슬 한계인 것 같아요."

그건 언젠가 나올 문제라고 생각하고 있었다.

기본은 다과회로 위장한 '여자 한정 모임' .

어느 정도는 여자들만의 비밀스러운 교실로 진행하고 있었다. 하지만 공작 영애의 아름다운 몸에 매료된 여자들이 모이는 다과회가 있고, 거기에 참가한 여자들은 나란히 몸매가 좋아져 가는 것이다.

쉽게 말해 효과가 나오고 다이어트 성공자가 나올 때마다 위장하기 어려워진다.

언젠가는 나미의 기행으로 문제시될지도 모른다고는 생각하고 있었지만.

"확실히 내 아래에서도 나미 양이 여는 다과회를 수상쩍게 여기는 의견이 나오기 시작했지. 사실을 숨기는 것도 슬슬 한계인가……."

아무래도 왕자 역시 같은 일을 염려하고 있던 것 같다. 하지만 나나미는 고개를 젓고 말했다.

"아뇨, 그런 한계가 아니에요. 이제 다과회에 사용하는 방 정도로는 한계일 만큼 참가자가 늘어나서 그래요."

"뭐?"

의아해하는 왕자를 향해 나나미는 곤란한 표정을 지었다.

"그러니까 참가자가 너무 많아요. 그야 처음엔 집안 사람들이 방해하니까 몰래 참가하는 여자들도 있었지요. 하지만 효과를 직접 목격한 사람들이 '그럼 나도.' 라며 참가하거나, 심지어 운동을 야만스럽다니 상스럽다느니 하던 명가에서도 '다녀와라.' 라고 말하는 상황이라서……."

어라……? 예상보다 훨씬 빨리 침투하기 시작한 건가?

"그, 그런가. 알았다. 슬슬 다과회는 그만두고 훈련장 등에서 대대적으로 시행해도 좋을지 모르겠군……."

왕자는 웃음을 참으며 그런 말을 했지만, 옆자리의 엘 아가씨와 슬쩍 주고받는 대화를 듣고 말았다.

「녀석들……. 입으로는 야만이니 어쩌니 하고선 자기네 여자들은 예쁜 몸으로 만들려고 하다니.」

「어떤 의미로 욕망에 정직하다고는 할 수 있지만요.」

너무 노골적인 이야기라 못 들은 걸로 하겠습니다.

원래 다이어트 교실의 목적은 운동이 야만스럽다는 편견을 없애는 것이라서, 마력 지상주의에 집착하는 귀족들에겐 좀 더 시간이 걸릴 줄 알았는데…… 의외로 빨리 정리가 될 것 같다.

"그럼 제1병단에 배속된 자네들은 어땠지?"

아스루 왕자는 실로 즐거운 듯한 표정으로 슬레거와 알리시아 씨를 보았지만, 두 사람은 코를 긁거나 뒤통수를 긁으며 어색한 듯 시선을 피했다.

"어땠느냐고 해도……."

"으음……."

"자네들, 제1병단에 배속된 2주 동안…… 뭘 저지른 거야?"

아마 왕자는 상세한 내용을 알고 있으리라. 그래서 저렇게 웃는 표정이겠지.

엘 아가씨는 그런 왕자에게 질린 듯 헛기침을 하고는 손에 든 서류를 읽기 시작했다.

"슬레거 씨, 알리시아 씨, 그리고 이후 합류한 '잔물결' 총 15인이 배속된 제1병단의 피해 보고입니다만……."

"피해 보고?!"

나나미의 경악한 목소리에 두 사람은 완전히 딴전을 피웠다. 나는 어느 정도 예측하고 있었지만.

"결론을 말하자면 우리 살바도르 최강을 자칭하는 제1병단 70명은 2주 동안 괴멸, 실질적으로 현재 제1병단에서 행동 가능한 건 임시 배속된 여러분뿐이군요."

담담하게 읽는 엘 아가씨에게서는 어떠한 감정도 느껴지지 않는다. 결과를 읽었을 뿐이라는 느낌이다.

"자네들 말이야……."

"그렇지만……."

"그것들이 배속 첫날부터 평민 출신이라고 무시하고 '평민 따위가 반항할 수 있다면 해 보시지?' 같은 소리를 하니까……."

한심해하는 눈으로 바라보자 시선을 떨구곤 손가락을 빙글빙글 돌리는 두 사람. 일단 지나쳤다는 자각은 있는 모양이다.

"이번 일로 제1병단에 소속된 분들의 가문에서 불만을 제기하고 있습니다. 급히 본가로 돌아온 자식들이 '마법을 퍼부어도 꿈쩍도 하지 않는 드래곤 터틀의 등딱지가 조용히 쫓아 와!'라며 시달린다, 저택 메이드를 볼 때마다 겁을 먹고 '여자가! 나이프를 든 여자가 초고속으로 덤벼든다!' 라며 도망친다, 마력에 자신이 있던 자식이 '마법은 안 돼! 되, 되받아친다!' 라며 묘한 소리를 하고 있다 등등."

불평하는 내용은 '잔물결의' 실드, 러너, 배터에게만 해당하는 특징이다.

그러나 아스루 왕자는 불편해하는 듯한 둘을 향해 미소를 지었다.

"뭐, 나는 자네들을 꾸짖으려는 게 아니야. 말했지? 기탄없는 의견을 듣고 싶다고."

질타당하리라 생각하고 있었을 두 사람은 당황한 눈으로 왕자를 보았다.

"자네들은 왕국 최강이라 자칭하던 제1병단을 2주 만에 때려눕혀 버렸지. 그러고 나서 어떻게 생각했나? 평민 입장에서."

슬레거와 알리시아 씨는 시선을 맞춘 후 망설이면서도 입을 열었다.

"처음엔 잘난 척하는 작위 보유자니 마도사에게 반격할 수 있어서 기분 좋았지만, 점점 불안해져서……."

"나도 그렇게 생각했어. 도중에 합류한 호머나 타이슨도 비슷한 소릴 했지. '점점 약한 애를 괴롭히는 기분이 들기 시작했다' 고."

최강이라 자칭하는 제1병단에게는 지독한 평가다. 하지만 왕자는 그 대답을 예상했다는 듯 한숨을 내쉬었다.

"그렇겠지? 결론부터 말하지만, 제1병단에 소속된 자칭 최강 마도사들은 신병부터 숙련병까지 모두 전쟁은커녕 싸움조차 제대로 해 본 적이 없는 자들이야."

""네에?!""

나와 나나미는 그 말에 동시에 큰 소리를 냈다.

최강을 자칭하고 있으면서 싸움조차 한 적이 없다니, 그건 초등학생이 '내가 세상에서 제일 세~' 같은 소릴 하며 노는 거나 매한가지 아닌가.

그러나 당사자였던 두 명은 얼굴을 찡그렸을 뿐, 어느 의미로는 예상했다는 듯 말했다.

"역시 그런가……. 어렴풋하게는 느끼고 있었어. 마법이 어쩌고 하는 수준을 넘어서 도망치는 방법이 완전 엉망이었으니까."

"도주할 때는 적 기만, 장애물 확보, 퇴로 확인이 중요한데 말이지. 그 녀석들 그냥 뒤돌아서 달리기만 했거든."

"자네들도 어지간하군……."

역시 시내에서 경비병들에게 쫓겨 다닌 악동 출신. 전투력을 파악하는 관점이 다르다.

"실토하자면, 살바도르 왕국 최강의 제1병단은 허울뿐이지. 첫

번째 조건은 '마법을 쓸 수 있는 명가의 자제' 뿐. 그것도 일정 기간 동안 소속되어 있기만 해도 공훈이 쌓여 가문에 도움이 된다. 그렇게 잠시 있다 갈 생각뿐인 도련님 집단인 거야."

아스루 왕자의 말에 기가 막혔다. '취직은 아직 하기 싫으니 일단 대학 가자. 그러면 이력서에 대졸이라고 쓸 수 있잖아~.' 같은 엉성한 이유는 또 뭐래.

"실질적으로 왕국군은 제2, 제3, 제4병단으로 유지되는 거나 마찬가지지. 이쪽은 일하는 게 공훈과 직결되니 어느 정도 전력을 유지하고는 있어. 그래도 대부분의 공훈과 명성을 제1병단이 가져가는 경우가 많아서 사기가 떨어지는 느낌이지만."

"그 녀석들은 우리를 마력으로 지켜주는 게 아니었냐고."

슬레거의 독백은 정말이지 평민이라면 누구나 느낄 만한 감상이었다.

근본적으로 따져서, 작위를 가진 마도사가 이 나라에서 우위에 서 있는 건 '우리가 마력으로 평민들을 지킨다' 는 명분이 있었기 때문이다.

하지만 그런 명분은 한참 전에 붕괴되었던 것이다.

과연, 아스루 왕자가 이번에 제1병단에 슬레거 일행을 보낸 이유는 이것 때문이었군.

허울만 최강 부대를 평민 조직 '잔물결' 이 파괴해 왕국군의 문제점을 드러내게 한 것이다.

그리고 내가 제5병단에 배속된 것도 상황은 정반대지만, 그 이유는 같다.

제1병단이 권력에 취한 녀석들로 썩고 있었던 것처럼, 제5병단은 '노력은 보답받지 못하고 마도사 위에는 설 수 없다' 는 체념으로 썩고 있었다.

즉, 왕자가 하고 싶은 건 '마력 지상주의' 의 전부를 부정하고 배제하는 것이겠지.

확실히 일리 있는 생각이고, 시달려 온 평민들 중에서도 그런 일을 공언하는 자들은 많다.

하지만 아무리 그래도 의견과 방식이 극단적이다.

웃고 있는 왕자에게서 어쩐지 노골적으로 숨기려 하는 '마력 지상주의' 에 대한 증오가 느껴진다.

실제로 시달려 왔을 평민보다도 훨씬 강한 증오를.

과연 이 왕자의 듣기 좋은 말에 넘어가도 괜찮은 걸까?

"전하, 그보다도 두 분에게 새로운 의뢰가 있지 않았나요?"

그런 일을 생각하고 있자 엘 아가씨가 슬그머니 이야기의 방향을 바꾸었다. 그 눈에서는 냉정함을 위장하면서 왕자를 걱정하는 모습이 엿보인다.

"흠, 그렇지. 그렇게 해서 지금 살바도르 왕국 안에서는 서서히 '마법이 전부인 게 아니었나?' 하는 생각이 싹트고 있다."

거기까지 말한 아스루 왕자는 팔짱을 끼고 험악한 표정을 지었다.

"하지만 나나 폐하와 달리, 일부를 제외한 이전의 마력 지상주의자들에게는 당연히 썩 즐거운 일이 아닌 모양이야."

그야 그렇겠지. 기득권자가 그걸 잃을지도 모르는 사고 방식을 환영할 리가 없다.

아스루 왕자는 거기까지 말하고서 나와 나나미를 응시했다.

아, 어쩐지 불리한 예감이…….

"그래서 자네들에게 부탁하고 싶은 일이 있다. 킹 킬링에서 압도적으로 불리했던 상황을 뒤엎고 아군을 승리로 이끈 나미슈라이엔 양과 유리우스 슈피겔에게."

*

왕자의 부탁을 들은 후 일단 방으로 돌아갔더니 공작 영애가 드레스 차림인 채로 침대 위에 엎드려 있었다.

아무래도 나를 앞질러 온 모양이다.

"주무실 거라면 자기 방에 가는 게 어떨까요, 아가씨?"

"저쪽에선 안정이 안 돼."

베개에 얼굴을 파묻은 채로 웅얼대는 소리를 내는 나나미.

무슨 말을 하고 싶은지는 안다. 왕성에 준비된 빈객용 방을 한 번 봤는데, 어딘가의 고급 리조트인가 싶을 만큼 넓고 호화로웠던 것이다.

여행 첫날쯤이면 몰라도 서민 출신인 우리가 상주하기에 그 방은 너무 넓었다.

그런 생각을 하며 내가 방 의자에 앉자 나나미는 엎드린 채로 얼굴만 이쪽으로 돌렸다. 얼굴이 반만 보이는 모양새는 고개만 쏙 내민 강아지 같아서 쓰다듬고 싶은 충동이 생긴다.

당신 아까부터 일부러 그러는 겁니까.

게다가 막무가내로 베개를 쓰면 곤란한데요. 남은 향기 때문에 밤에 못 자게 되는데요?!

"그렇지만…… 이제부터 어떡하지. 첫째 왕자파의 전사와 대결하다니."

"정말로 난감하네요, 그 왕자. 과대평가도 적당히 해야죠. 저희는 원래 고등학생이었는데."

물론 이런 말을 해도 저쪽이 알 리가 없는 게 당연하지만, 그래도 푸념 정도는 하고 싶어진다.

왕족끼리 '마력 지상주의'와 '반 마력 지상주의'로 다툰 끝에 내기를 하게 된 2 대 2 대결.

거기에 우리가 나와 달라는 부탁을 받고 말았다.

어떻게든 거절할 수 없을까 했지만, '이번엔 마력 사용을 자중할 것도 없다. 역대 최강의 마력으로 마음껏 녀석들을 유린해 주게.'라는 말까지 들으면 도망칠 길이 없다.

"악역 영애의 빚은 여전히 발목을 잡는군……."

나는 푸념하면서 오늘 아침에 본 미래시의 내용을 떠올렸다.
즉, 그건 셋째 왕자의 대리인이 되어 첫째 왕자파의 전사와 싸우는 나나미의 모습이었던 것이다.

이렇게 되면 내가 그 장소에 없었던 게 더더욱 마음에 걸린다.

일시는 우리 아르바이트가 끝나는 여름 방학 마지막 날, 즉 지금부터 2주 후……. 그사이 내게 뭔가 문제가 생기는 걸까?

그렇게 염려하는 동안 나나미가 다리를 파닥거리기 시작했다.

"저기, 유리. 상대는 마력 지상주의니까 마도사가 나오겠지?"
"예, 아마도."
"솔직히 말해서 이길 수 있다고 생각해? 나 지금이라면 어지간한 상대에겐 지지 않을 자신이 있긴 한데?"
나나미는 그렇게 말하면서 누운 채로 "핫." 하고 발차기를 했다.
"상스러워요, 아가씨. 게다가 그렇게 간단하지 않겠죠."
"어째서? 킹 킬링에선 마도사들에게 압승했잖아."
"그건 집단전이고 게다가 상대가 과도하게 방심했기 때문이지요. 만약 대전 상대가 엘 아가씨라고 하면…… 이길 수 있다고 생각하나요?"
"윽, 엘누아르 씨를 끌고 나오면……."
"그렇겠죠? 지금의 엘 아가씨가 웃으면서 무대 위에 서 있으면…… 전 도망을 택할 겁니다."
킹 킬링에서 이길 수 있었던 건 '상대가 방심해 준 덕분' 이다.
게다가 미래시를 생각하면, 상대는 원거리에서 공격 마법만 사용하는 게 아니었다. 스피드로 교란하고 근거리로 달려들려는 나나미를 저지할 만큼 숙련된 전사도 있었다.
즉, 원거리와 근거리 양쪽에서 공격하는 중요함을 이해하고 있는 자의 포진이다.
"나도 엘누아르 씨처럼 마법과 무술을 다 쓸 수 있으면 좋았을 텐데……."
그건 우리만이 아니라 '악역 영애 나미' 가 절실히도 바랐던 것. 그리고 '종자 유리우스' 도 같은 소원을 갖고 있었다.

이 몸이, 유리우스가 공격 마법을 사용할 수 있을 정도의 마력을 보유하고 있었다면…… 나나미를 그 미래시처럼 위험한 처지에 빠지게 만드는 일도…….

"응?"

그때 내 안에서 무언가가 걸렸다.

환몽 마법이 발동하려면 다른 속성 마법도 사용할 수 있는 높은 기술과 대상에 대한 집착심이 있어야 한다.

그 덕분인지, 나는 '나나미에게 위기가 닥칠 때' 한정으로 신체가 접촉했을 때 미래에 일어날 위기가 보일 때가 있는데…… 오늘 아침에 본 환몽 마법에는 약간 위화감이 있었던 것이다.

"어쩐지 평소보다 길었지."

원래 마력이 부족한 유리우스는 레벨이 낮은 마법밖에 쓸 수 없다. 그러니까 환몽 마법으로 보여 주는 미래시는 늘 단시간에 금방 끝나 버리는데 이번엔 싸움의 상황부터 마지막 원성도 똑똑하게 보였다.

백일몽을 꾸거나 한 게 아니라 확실히 잠든 상태였기 때문일까.

아니? 혹시?

나는 어떤 일을 떠올리고 자리에서 일어났다.

"나나미, 잠깐 손을 이리 줘 볼래요?"

"응? 얍."

나나미는 그렇게 말하며 발을 내밀었다.

장난으로 한 것이겠지만, 엎드린 상태에서 새우처럼 유연하게 다리를 꺾은 것이라 그게 가능했다는 사실에 어떤 의미로는 감탄하고 말았다.

나미의 몸도 상당히 부드러워졌구나.

"발이 아니라 손을…… 뭐, 괜찮나?"

"어? 괜찮아?!"

내가 그대로 맨발을 꽉 잡자, 장난칠 생각이던 나나미가 도리어 놀라는 소리를 냈다.

"마침 생각난 게 있어서 말이죠."

공작 영애 엘누아르는 또다시 목격하고 말았다.

이번에는 나미가 유리우스보다 먼저 방에 침입하는 모습을.

그리고 조금 더 관찰을 계속하고 있자, 당연히 몇 분 후에 나타난 유리우스가 방에 들어갔다.

'또 단둘이서 한 방에?! 대체 뭘 하려는 건가요?!'

점잖지 않은 짓이라고 생각하면서도 호기심에 진 엘누아르가 문 앞에서 귀를 기울이고 있자, 안에서 두 사람의 목소리가 들렸다.

확실히 들리지는 않았지만 아까 전하가 전한 첫째 왕자파와의 대결과 그 대책에 관한 대화 같았다.

'저, 저도 참 무슨 생각을 한 건가요?! 두 분은 진지하게 결투를 이야기하고 있는데!!'

자신이 한 망상에 얼굴이 빨갛게 되어 괴로워하는 엘누아르. 자기 안쪽의 '그런' 부분을 자각하고 급격히 부끄러워지고 말았다.

'숙녀가! 에델슈타인 가문의 영애가! 아아! 그래도! 그렇지만!!'

오늘 아침에 목격하고 만 장면 때문에 엘누아르는 나미와 유리우스를 볼 때마다 망상을 떠올리게 되어, 그들을 제대로 볼 수가 없었다.

그런 자신에게 자기혐오를 느끼고 끙끙대고 있다가…….

쿠우우우우우우우우우웅!!

엘누아르가 신경 쓰고 있던 문 저편에서 엄청난 굉음이 울려 퍼졌다.

"뭐, 뭔가요?!"

지나친 충격음에 성안에서도 "지금 소리는 뭐지?!" 같은 병사들의 목소리도 들리기 시작했다.

순간적으로 위기감을 느낀 엘누아르는 망설이지 않고 문제의 방을 열고서…… 실내의 참상에 아연해져 버렸다.

"두 분, 뭘 하고 계신 거지요?"

어째서인지 방 안은 대량의 물을 쏟아부은 것처럼 침수되어 있었다.

그 방 안에 문제의 주종, 나미와 유리우스가 흠뻑 젖은 상태로 포개져 있다.

엘누아르는 도저히 이해할 수 없는 상황이었지만, 좀 더 영문을 알 수 없었던 건 서로 포개진 두 명이 계속 웃고 있는 이유였다.

"후후후…… 이거…… 괜찮을 것 같지 않아?"

"그러네요……. 이겨 보죠, 이번에도……. 크크크."

엘누아르가 목격한, 영문을 알 수 없는 참상.

그때의 그녀는 설마 자신이 목격한 게 살바도르를 뒤흔들 대사건의 전조라고는 상상도 하지 못했다.

막간3 ⚜ 데이트의 묘미《약속 장소에서 기다리기》

미즈마치 씨와의 데이트는 긴소쿠 고등학교에서 가장 가까운 역에서 두 정거장 떨어진 곳에 있는 '레저 랜드' 에서 하기로 했습니다. 수영부 여러분의 협력을 받아 오늘 계획은 완벽합니다.

놀랍게도 남녀가 외출하는 데이트에도 예법이 있다나요.

첫 규칙은 약속 장소에서 기다리는 것이라고 합니다.

이쪽 세계에서는 '휴대폰' 인가를 쓰면 간단하지만, '그러면 분위기가 안 살아! 우리 디지털 시대는 편리함을 얻는 대가로 소중한 무언가를 잃어버리고 있어!' 라며 수영부 여러분이 아우성을 쳤습니다. 그래서 저는 지금 이렇게 역 앞에서 그가 도착하기를 기다리고 있습니다.

만날 장소에 먼저 온 사람이 '지금 막 왔어' 라고 이야기하며 시작하는 법이라나요.

사교계에서 말하는 에스코트 매너 같은 것일까요?

그렇다면 저도 부족하게나마 슈라이엔 공작가의 여식, 사교계의 예법은 어린 시절부터 교육받고 있습니다. 그 정도라면 완벽하게 하겠어요.

……그렇게 적극적으로 나섰는데.

"죄송해요, 선배. 많이 기다리셨나요."

약속한 장소에 나타난 그 사람, 미즈마치 유리 씨의 모습을 본 순간 심장이 고동쳐 머리가 새하얗게 되고 말았습니다.

어, 어라? 이런 건 이상합니다.

저는 공작 영애, 국왕 폐하를 알현하고 인사를 드린 적도 있을 정도입니다.

가문을 대표하는 특별한 식전도 아닌데 이렇게까지 긴장할 이유라곤…….

'그러고 보니 오늘은 저도 첫 데이트네요.'

거기까지 생각이 미친 순간 얼굴이 한층 뜨거워졌습니다. 심장이 엄청난 기세로 콩닥콩닥 뛰기 시작합니다!!

안 돼요! 제가 아무런 말도 하지 않자 미즈마치 씨가 의아해하는 표정을 짓습니다. 뭐든 좋으니 뭔가 말해야…… 말해야!!

"저저저…… 저를 기다리게 하다니 용서하기 어렵네요! 오늘은 전력으로 즐겁게 하지 않으면 용서하지 않을 거예요!!"

저는 대체 무슨 소릴 하고 있는 건가요!

가장 버리고 싶었던 '그때의 자신'이 쓰고 있던 말투가 이런 중요한 순간에 나오다니!!

안 돼요! 이러면 미즈마치 씨에게 나미 씨가 미움받고 말아요!!

*

5분 전에는 약속 장소에 도착하려고 했었지만, 나나미는 벌써 역 앞에서 어딘가 수상하게 주변을 힐끔거리며 기다리고 있었다.

평소 보는 운동복이나 교복 차림은 아니다.

밝은 청색 블라우스에 담녹색 스커트, 머리카락은 평소와 같은 포니테일인데 분위기가 완전히 다르다.

운동선수로서 당당한 평소와 달리 귀여운 매력을 강조한 그 모습에 나는 자기도 모르게 깜짝 놀라고 말았다.

오늘 이날을 위해 나나미가 기합을 넣고서 꾸미고 왔음을 알 수 있었다.

후배인 미즈마치 유리와의 첫 데이트를 위하여.

"죄송해요, 선배. 많이 기다리셨나요."

내가 말을 걸자 주위를 힐끔거리던 나나미가 깜짝 놀라 내 쪽을 돌아보았다.

그것만으로도 나나미가 첫 데이트 때문에 바짝 긴장했음을 알 수 있다.

경험한 적 없는 긴장 때문에 말이 잘 나오지 않는 듯 한동안 나를 보며 우물거리다가 간신히 입을 열었다 싶었더니,

"저저저……저를 기다리게 하다니 용서하기 어렵네요! 오늘은 전력으로 즐겁게 하지 않으면 용서하지 않을 거예요!!"

어째서인지 명령조였다.

그러나 새빨갛게 된 얼굴로 쩔쩔매며 말하는 그 모습을 보면 역시 불쾌감은 들지 않았다.

오히려 그 필사적인 모습에 정이 확 생긴다.

'정말로 이날을 기대하고 있었구나…….'

그렇게 생각하면 더더욱 죄악감이 솟구친다.

명령조도 번역하면 '기대하며 기다렸으니까, 오늘은 함께 즐기죠.' 인 것은 그리 길게 알고 지내지 못한 나도 알 수 있다.

나는 대체 얼마나 그에게서, 미즈마치 유리에게서 '선배와의 귀중한 추억' 을 빼앗는 짓을 해야만 하는 거지?! 신이여!!

전생종자의
악정개혁록
블랙・크로니클

4장 인게이지 리바이어선

우리는 약 한 달 동안 살바도르 성에 숙박했다. 처음엔 배속된 부서나 일의 내용 때문에 얼굴을 제대로 보지 못하기도 했다.

그러나 점점 아침 식사 시간에 맞춰 모이게 되어서, 마지막 날인 오늘도 병사용 식당에 '잔물결' 멤버가 모두 모여 있었다.

"뭐야, 슬레거. 그거 싫어하면 내가 먹을게!"

"웃기지 마! 비엔나는 마지막까지 남겨 두는 거라고!"

"…………."

슬레거와 알리시아가 좋아하는 반찬을 놓고 다투는 사이에 라이라 씨가 옆에서 슬그머니 슬쩍하는 모습도 이제는 일상 풍경이다.

슬슬 낯이 익게 된 식당 아저씨에게 오늘이 아르바이트 마지막 날인 걸 이야기하자, 전원에게 햄에그를 덤으로 주었다.

내가 재빨리 햄에그를 필두로 모든 식재료를 큰 호밀 빵에 끼워 넣고 깨물고 있자, 아침부터 위세 좋은 목소리가 뒤에서 들려왔다.

"어, 뭐야, 유리우스. 귀족님이 오늘도 이런 곳에서 아침이냐?"

"음? 카렌 씨?"

돌아보자 제5병단 단장님이 약간 졸린 눈으로 서 있었다.

"이런 곳이라뇨. 단장에게는 일상적인 곳이잖습니까."

"평민이 사용하는 식당을 귀족님이 아무렇지도 않게 쓰는 게 이상하다고. 게다가……."

카렌 씨가 시선을 보낸 곳에는 똑같이 빵을 깨물고 있는 공작 영애의 모습.

"그 악명 높은 공작 영애님까지 함께 아침을 먹고, 심지어 거기에 익숙해져 있는 건 어떨까 싶은데."

"우움?"

갑자기 자기가 언급되어 묘한 소리를 내는 나나미. 입에 음식을 넣은 채로 말하면 안 됩니다.

사실 공작 영애로서 성에 초대된 나나미에게는 따로 고급 식사가 준비되어 있었다.

그러나 예의범절을 따져야 하는 식사를 나나미가 좋아할 리가 없어서, 동료들에게서 식당 이야기를 듣고 신속하게 대응했다.

「동료들과의 연계를 강화하고 전하의 의뢰에 신속히 대응하기 위해서 식사는 그들과 함께하겠어요.」

나나미가 식당을 이용하기 위해 상층부에 낸 내용이라고 한다. 뭔가 말할 여지가 없다.

"흐음? 그래서 나미 님네는 오늘이 마지막이었던가? 어쩐지 너희가 식사하는 모습이 너무 익숙해져서 마지막이란 느낌이 안 드는데 말이지."

"그렇게 말해 주시니 고맙지만…… 예, 오늘이 마지막이네요."

그리고 예상은 했었지만 나나미와 카렌 씨는 서로 마음이 맞는 듯 처음 만났을 때부터 이미 마음 편하게 이야기하는 관계를 구축하고 있었다.

상급 운동선수끼리 통하는 무언가……가 있는 느낌일까?

"하여간 너희 '잔물결'에는 한 달 동안 이래저래 휘둘렸네~. 막판에는 어전 시합이라니, 정말 끝까지 심심할 틈이 없구나."

이번 시합은 병단 내에서는 이미 잘 알려진 사실로, 오늘은 병단원이라면 누구나 시합을 관전할 수 있게 되어 있었다.

그리고 나는 거기에 편승해 단장을 포함한 제5병단 전원에게 무언가를 부탁하고 있었다.

"놀리려는 건지 아닌지는 몰라도, 제1병단 멍청이들과 제5병단 주정뱅이들도 일단 관전하러는 올 거야."

"정말인가요! 감사합니다!"

제1병단은 위쪽의 명령에 따라 움직이는 자들이니 문제없다. 하지만 훈련에도 불참하는 제5병단 녀석들은 '보답받지 못하다 보니 썩어 버린' 녀석들이라 위에서 명령했다는 것만으로는 움직이지 않는다.

몸보다도 마음이.

그렇기에 어느 정도 심정을 아는 제5병단 동료들이 '썩어서 오지 않게 된 녀석들'에게 관전하러 오도록 설득해 달라고 부탁했었다.

"뭐, 어떤 목적으로 그 녀석들을 모았는지는 몰라도…… 마지막에 자빠지면 안 된다?"

나는 씨익 웃으며 가슴팍에서 곰방대를 꺼낸 카렌 씨를 싸늘한 눈으로 쳐다보았다.

“이대로 전하의 생각대로 움직이는 것도 좀 화나니까요. 좀 신경을 쓰고 있어요. 그리고 식당 내에선 금연입니다, 단장.”

“이런…….”

카렌 씨는 물려던 곰방대를 요령 좋게 되돌려 다시 가슴팍에 밀어넣었다.

“그럼 한 시간 정도 후에 대기실에서. 마지막으로 미세 조정을 하죠.”

“알았어. 나도 슬슬 갈아입어야겠네.”

식당을 뒤로한 나는, 나나미를 보내고 나도 갈아입기 위해 방으로 향하고 있었다.

하지만 묘하게도, 이제부터 싸워야 하는데 이상할 정도로 고양되어 있는 자신을 느낄 수 있었다.

이전의 킹 킬링에서도, 그리고 수영 시합 전에도 이런 일은 없었는데.

“어째서일까. 진정한 의미로 나나미와 함께 싸우는 게 이렇게나 기다려지다니.”

지금까지도 물리적으로 곁에 있었던 적은 있다. 하지만 안타깝게도 정말로 나란히 섰다고 느낀 적은 없었다.

마력이라는 반칙 기술을 써서라곤 해도 그 시미즈 나나미의 파트너로 있을 수 있는 게 이렇게 기쁠 줄이야……. 음, 나도 참

징그럽다. 진짜 징그러워.

그런 일을 생각하느라 들떠 있었기 때문일까? 이 순간, 나는 방문이 잠겨 있지 않은 것도 위화감을 느끼지 못하고 문을 열고 말았다.

"어라?"

열고 난 후 위화감과 '인기척'을 느껴도 이미 늦은 일.

나는 후두부에 강렬한 충격을 받았다.

"흐어억?!"

방심은 금물. 이 말의 소중함을 절감할 수밖에 없었다.

하다못해 방에 잠복해 있던 인물을 확인하려다가…… 의식을 잃고 말았다.

*

가장 먼저 그 이변을 알아챈 사람은 역시 오래 알고 지낸 나나미였다.

완전히 준비를 끝내고 움직이기 편한 옷으로 갈아입은 뒤 대기실에서 동료들과 대기하고 있었지만…….

"이상하네요. 유리우스가 아직 안 오다니……."

이래저래 해서 1년 전부터 다양하게 도와주는 믿음직한 후배는 시간에 깐깐하다. 상대에게 시간을 맞추라고 강요하는 게 아니라, 어디까지나 자신이 상대를 기다리지 않게 하려는 배려다.

그렇기에 그는 언제나 10분 전에는 준비를 끝내고 있는 타입이다.

그런 그가 시합 개시 전에 미팅을 제안하고서는 약속 시간이 되어도 모습을 드러내지 않았다.

나나미는 좋지 못한 사태를 예감했다.

"어떻게 된 걸까요? 약속 시간이 되어도 나타나지 않다니……."

"화장실 아닐까? 시합 전이라면 그 녀석도 긴장할 테고."

슬레거는 낙관적으로 말했지만, 나나미는 그리 생각할 수 없었다.

"설령 그렇다고 해도 본인의 성격을 생각하면 우선 얼굴을 보이고 '죄송합니다. 잠시 화장실에…….' 라고 말하겠죠. 저, 잠깐 보고 오겠어요."

나나미가 그렇게 말하며 몸을 일으키자 동료들이 말렸다.

"알았어, 알았어. 우리가 불러올 테니 나미 님은 여기서 기다려."

"정말이지…… 걱정 많으신 주인님인걸."

"그럼 잠깐 다녀올게요~."

"미안해요, 잘 부탁할게요."

슬레거, 알리시아, 라이라 세 사람은 그렇게 말하며 느긋하게 대기실을 나섰다.

그러나 몇 분 후, 그들은 안색을 바꾸고 돌아왔다. 어째서인지 엘누아르까지 동반해서.

"나미 님, 나쁜 예감이 맞았는지도 모르겠어. 대충 찾아봤지만 어디에도 유리우스가 없어!"

"아침 식사 후에 지금까지 그리 시간이 지난 것도 아닌데……."
'유리가 없어?!'
동료들의 보고를 듣고 나나미의 전신에서 순식간에 핏기가 가셨다.
"이야기를 듣고 만약을 위해 문지기나 수위에게 확인해 봤습니다만 유리우스 씨가 식당을 사용한 때부터 지금까지 성 밖으로 나온 사람은 한 명도 없었다고 해요."
엘누아르의 보고를 들을 것도 없이, 나나미는 유리가 도망쳤을 가능성은 조금도 생각하지 않았다. 다만 그럴 경우 '여기에 오지 않는' 게 아니라 '올 수 없는' 상황이란 이야기가 된다.
"혹시…… 유리우스는 첫째 왕자 파벌에 납치된 건가?"
"아스루 왕자님……."
창백해진 나나미를 향해, 복도에서 나타난 아스루 왕자가 냉정한 얼굴을 무너뜨리지 않고 말했다.
"조금 전에 대전 상대가 내 쪽에 직접 방문해서는…… '대역을 세울 거라면 빨리 하는 게 좋을걸.' 이라고 했네. 뭔가 의미심장한 말투라고 생각했지만……."
"대전 상대? 전하에게 그렇게 말할 인물은……. 설마?!"
아스루는 경악하는 엘누아르에게 고개를 끄덕였다.
"내 큰형님, 샤사르가 직접 출전하는 모양이군……. 귀찮게도 말이야."
마도 왕국 살바도르에서 마법이란 지위의 증거이기도 하다. 당연히 왕족으로서 군림하는 자들은 그에 걸맞은 마력을 갖고 있다.

그것은 첫째 왕자도 예외가 아니어서 그는 왕국에서도 손꼽히는 마법을 쓸 수 있는 마도사인 것이다.

거기까지 말한 아스루는 한숨을 내쉬었다.

"할 수 없지. 시합에는 유리우스 대신 엘, 네가 나가 줘."

"어……."

아스루가 너무나도 태연하게, 그리고 아무것도 아닌 것처럼 말하자 나나미는 무심코 멍한 소리를 내고 말았다.

유리우스가 행방불명되었다. 게다가 납치되었을 가능성이 높다는 정보를 직접 가지고 왔으면서 마치 관계없는 일인 것처럼.

"너…… 대체 무슨 소리를 하고 있는 거야, 이런 때에!"

"유리우스가…… 동료가 어떻게 되었는지 모르는 때에!!"

알리시아와 슬레거는 신분 따위 관계없이 격노했지만 아스루 왕자는 담담한 태도를 무너뜨리지 않았다.

"그렇게 말해도 이곳에 없으니 어쩔 수 없는 일이겠지. 시합 시간이 다가오고 있으니 대역을 생각할 수밖에 없겠지?"

"이 자식!!"

그건 시합을 우선한 정론이긴 해도 파트너의 안부를 생각하는 나나미에게 너무나도 배려가 없는 발언이었다.

그러나 더 이상 참을 수 없게 된 슬레거가 달려들어 때리려고 한 순간, 나나미는 그를 한 손으로 제지했다.

"아스루 전하. 이번 시합, 대역을 세운다면 도중에 교대가 가능할까요?"

"아니, 그러면 공평하지 않게 되니 불가능하다."

아스루의 말을 들은 나나미는 얼굴을 들고 말했다. 눈에는 결의의 빛을 가득 채우고.

"그럼…… 도중 참가는 인정될까요?"

"뭐?"

나나미의 말을 이해하지 못한 아스루가 미간을 찌푸렸다.

"다시 말해, 제 파트너 유리우스가 도착할 때까지 저 혼자서 싸우는 게 가능할지…… 여쭙는 거예요."

"뭐라고?!"

나나미가 하고 싶은 말을 이해한 아스루가 평소답지 않게 경악하는 소리를 냈다.

"무슨 말도 안 되는 소리를! 2 대 1로 싸울 수 있을 정도로 샤사르 형님은 허약하지 않다만?! 게다가 이 시합은 그저 내기가 아니다. 왕국의 미래를 좌우하는 중대한 싸움! 올 수 있을지 없을지도 모르는 자를 기다리다니……."

"아뇨, 그는 와요! 반드시."

아스루의 말을 싹 지울 정도로 강한 의지를 담아, 나나미는 조용하지만 분명히 말했다.

"엘누아르 씨는 확실히 우수하신 분이지요. 그렇기에 죄송하지만, 제 파트너 자리는 감당하실 수 없어요."

나나미의 그 말은 어느 의미로는 무례한 발언이지만, 엘누아르는 기분이 상한 기색도 없이 "그러네요."라며 조용히 웃었다.

"저에게…… 그를 대신할 사람은 어디에도 없으니까요."

다른 동료들은 대기실을 나오자마자 유리우스를 수색하러 갔지만, 아스루는 아직도 방 앞에서 불만스러운 듯 팔짱을 끼고 중얼거렸다.

"이 무슨 어리석은 짓을……. 그렇게 불확실한 행동 때문에 만약 패배라도 하면……."

"전하……."

"그들은 이해하지 못하는 건가? 이건 '마력 지상주의'와 '반마력 지상주의'의 향후를 좌우하는 중대한 시합. 패배하면 그대로 자신들에게 불이익이 되는데……."

"…………."

그런 왕자를 서글픈 듯 응시하던 엘누아르는 뜻을 굳히고 이를 악물었다.

"결국 나미 슈라이엔도 마력 지상주의, 나의 적이란 말인가?! 개심했다고 생각한 건 내 착각일 뿐이고……."

"무례를 용서하시길."

찰싹! 다음 순간, 사람들이 없는 복도에 메마른 소리가 울려 퍼졌다.

갑자기 뺨을 얻어맞은 아스루는 때린 엘누아르 쪽이 비통한 표정을 짓고 있는 것에 멍해져 버렸다.

"불경죄의 처벌은 후에 받겠습니다. 하지만…… 말조심하세요, 아스루."

"엘?"

오래간만에 들은, 경칭을 뗀 소꿉친구의 말. 그러나 아스루의 귀에는 그 말이 그리움보다도 분노와 슬픔을 담은 것처럼 들렸다.

"국정을 생각하면 당신 말이 옳겠죠. 하지만 그들이 지금 가장 걱정하는 건 나라가 아니라 유리우스라는 친구예요. 그런 사람들을 앞에 두고 '대역'을 말하다니, 꼭 그 자리에서 그래야 했나요?!"

"……어?"

"하물며 가장 가깝고 사랑하는 분의 행방을 모르면서도 걱정을 숨기고 주어진 직무를 완수하려는 나미 님이 적이라고요?!"

이미 엘누아르 속에서 두 사람의 관계는 '주종을 넘은 남녀'가 되어 있었다.

그런 그녀가 보기에 아스루의 방금 발언은 동료로서도, 그리고 여자로서도 용서할 수 없는 내용이었다.

"사랑하는 사람, 친한 사람이 갑자기 없어지고 멋대로 대체품이 준비되는…… 그걸 가장 미워하고 싫어했던 사람은 당신이 아니었나요?!"

"?!"

울 것 같으면서도 다부지게 단언한 엘누아르는 그대로 몸을 돌렸다.

"저는 다른 분들과 함께 유리우스 씨를 수색하겠어요. 당신은 나미 님의 싸움과 각오가 어떤 것인지를 지켜봐 주세요."

그런 말을 남기고 달리기 시작한 소꿉친구의 뒷모습을 바라보면서, 아스루는 뺨을 누르고 아연히 굳어 있었다.

충격이었다.

엘누아르에게 맞아서 그런 게 아니다.

자신이 했던 말을 믿을 수 없어서였다…….

어렸을 때부터의 분노와 증오를 기반으로, 지금까지 '마력 지상주의' 타도를 목표로 해 왔다.

그렇게나 그들의 행동을 용서할 수 없었을 자신이, 과거에 당했던 일을 하려고 했던 것이다.

'마력 지상주의' 나 '반 마력 지상주의' 의 문제가 아니다. 자신이 미워한 자들과 완전히 같은 짓을 하려 했다는 사실이 아스루에게 무엇보다도 큰 쇼크를 주었다.

「저에게…… 그를 대신할 사람은 어디에도 없으니까요.」

나미가 단언한 말이 아스루의 마음을 무겁게 짓눌렀다.

'그래…… 있을 리 없어. 대신할 사람 따윈, 어디에도…….'

*

눈을 뜨자 그곳은 감옥이었다…….

딱히 시적 표현을 하고 싶어서 이리 말한 건 아니다. 눈을 뜨자 나는 정말로 돌바닥 위를 구르고 있었고 눈앞에는 단단해 보이는 쇠창살이 있었다.

여기를 감옥 말고 뭐라고 말할 수 있을까…….

"큭, 나는 언제부터 여기에? 아니, 여긴 어디의 감옥이지……. 읏!"

상황 파악을 위해 일어나려 하다가 후두부에 아픔을 느꼈다. 만져 보자 혹이 나 있었다.

기억을 더듬어 올라가자 오늘은 성에서 일하는 마지막 날, 마지막 아침 식사 때도 모두 식당에 모였다.

그 후, 시합을 위한 복장으로 갈아입으려고 방으로 돌아갔을 무렵에서 기억이 끊어졌다.

"뒤에서 맞고 기절, 감금되는 전형적 패턴인가? 젠장!"

일어나서 창살 밖을 살펴보자 아래로 이어지는 계단이 보였다. 게다가 감옥 안의 작은 창에서 바깥을 내다보자 눈 아래에 성벽이 보인다.

성안 어딘가인 것 같긴 하지만 상당한 위층 감옥이란 이야기가 되는군…….

나는 눈앞의 쇠창살을 잡아 달그락달그락 움직여 봤다.

"음, 이 정도면 될 것 같군."

원래 내 몸이라면 절대로 무리겠지만 마력을 써서 근력을 강화할 수 있는 지금의 몸이라면 쇠창살 따위는 종잇장이나 마찬가지다.

"나를 여기에 감금한 녀석이 뭘 노리는지는 모르겠지만 어쨌든 여기를 탈출하지 않으면 어떻게 할 수가 없으니……."

나는 평소처럼 마력을 각력으로 바꾸기 위해 전신의 근육에 마력이 널리 퍼지는 이미지를 의식적으로 떠올렸다. 그리고 한껏 쇠창살을 걷어찼다.

하지만 쇠창살은 요란한 소리만 내고 부서지지 않았다.

"아야야!"

참고로 대상이 파괴되지 않으면 충격은 모두 자기에게 돌아오는 법이다. 손가락으로 젓가락 쪼개기를 하다가 실패했을 때처럼. 발바닥에서 전해지는 충격에 홀로 몸부림을 쳤다.

"이거 참, 의외로 빨리 정신이 들었군."

"?!"

내가 쇠창살을 찬 소리를 들었는지 아래층에서 남자 몇 명이 올라왔다. 대부분이 병사겠지만 혼자 옷차림이 다른 남자가 내게 말을 걸었다.

은발에 푸른 눈, 치켜 올라간 눈매는 남자의 오만함을 상징하는 듯했다. 나를 깔보는 미소를 짓고 있다.

용모는 단정한데 엄청 악당 같은 느낌이 든다.

"당신은……."

"후……. 이곳은 감옥탑의 최상부다."

나는 기분 나쁘게 큭큭거리며 웃는 눈앞의 남자를 본 기억이 있었다.

"국가 반역죄 같은 중대 사건을 일으킨 고관을 수용하는 특별한 시설이니, 원래 네놈 같은 하급 귀족은 죄를 지어도 들어올 수 없는 곳이지. 감사히 생각하도록."

눈앞의 남자는 환몽 마법에서, 오늘 열릴 예정이던 시합에서 대전자로 나나미와 싸우던 검은 로브의 마도사다.

"즉, 여기는 높은 마력을 가진 마도사를 수용하는 장소란 겁니까?"

"그렇지. 이 감옥에는 특수한 마법진이 설치되어 있어 마력 발동이 제한된다. 네놈 같은 하급 귀족의 취약한 마력에는 과분한 조치지만."

즉, 아까 차서 쇠창살을 파괴할 수 없었던 건 그 때문인가. 그 특수한 마법진이라는 것에 근력 강화의 마력이 제한되어 '보통 차기'로 격하되는 바람에.

"바라지도 않은 친절을……. 그래서? 마력이 왜소한 하급 귀족에 지나지 않는 저 따위를 감금해서 어쩌자는 겁니까?"

"네놈은 마력이 낮은 하급 귀족 주제에 지난번 킹 킬링에서 온갖 걸 이용하고 속여 비겁하게도 승리했지. 못된 수작이나 부리는 미천한 놈을 빼놓으면 이쪽의 승률이 오른다."

이 자식은 골치 아프다.

'마력 지상주의' 답게 마력이 부족하고 마법을 사용하지 못하는 사람을 깔보는 태도이지만, 그렇다고 해도 방심하지는 않고 있다.

"네놈은 모든 게 끝날 때까지 거기에서 후회하도록 해라. 절대적인 지배자, 마력 지상주의자인 우리에게 저항한 자신의 어리석음을. 자기 주인의 패배와 함께."

"꽤나 자신이 있군요. 하지만 제가 없어도 아가씨는 강한데요?"

"크, 크크……. 강하다고……."

내 말에 마도사는 참을 수 없다는 듯 웃기 시작했다. 여전히 싫은 웃는 방법으로.

"네놈은 모르나? 그 아가씨의 강함이란 게…… 그저 사상누각, 속임수에 지나지 않는다는 걸……."

"……!"

마도사의 말에 등골이 오싹했다.

설마…… 눈치챘나? 악역 영애 나미가 오랫동안 지금껏 숨겨온 비밀을.

그렇다면 킹 킬링에서 전혀 마법을 사용하지 않았던 게 계기일까?

아니면 정보를 알려준 놈이라도 있었나?

어느 쪽이든 내가 아는 척하는 건 현명하지 못하군. 나는 초조해하는 마음을 억지로 눌러 절대로 표정에 드러나지 않게 가장했다.

숨을 그치고, 심장조차 멈출 것 같은 기분으로.

"당신이 말하는 속임수라는 게 무슨 의미인지는 모르겠지만, 제 주인이신 나미 님은 방심해도 좋은 상대가 아닙니다. 당신이 누군지는 모르겠지만, 결코 잊지 마시기를."

사실 이 말은 그냥 지기 싫어서 한 것이다. 나미, 아니 시미즈 나나미를 얕보는 이 녀석이 마음에 들지 않아서. 하다못해 신경이라도 긁기 위해서.

그러나 눈앞의 남자는 한층 더 진하게 미소 지었다.

"그런가, 내가 누군지를 모르는가. 이래서 하급 귀족이란……."

"무슨 말이지요?"

"마력이란 지고의 힘, 마력이란 절대자의 증거. 권력자라면 그에 걸맞은 역량을 갖고 있어야만 함을…… 오늘 네놈의 주인에게 알려 줘야만 하겠군."

남자는 내 의문에 답하듯 품에서 마법 지팡이를 꺼냈다.

금은으로 장식되어 있긴 하지만 무수한 독사가 휘감긴 조형이 호화롭다기보다는 불길하게까지 느껴지는 그 마법 지팡이를 쥐고, 내 앞에 내밀었다.

"왕위 계승권 서열 1위인 이 몸, 샤사르 D 살바도르가 직접 말이지!"

*

"나미 님의 이야기대로라면 유리우스는 아침 식사 후 빈객용 숙소 앞에서 헤어진 것 같아. 그렇다면 없어진 건 그 후 빈방에 갈 때까지의 시간…… 실제로는 몇 분도 안 되지 않을까."

"예, 아침 식사 후 그가 오지 않는 걸 우리가 알아챌 때까지 길게 봐도 30분도 안 됩니다. 그사이 무슨 일이 일어났다고 생각해야겠죠."

슬레거의 말에 엘누아르는 험악한 표정으로 수긍했다.

수색을 위해 유리우스가 묵고 있던 방에 방문한 사람은 슬레거, 엘누아르, 라이라, 알리시아 네 사람.

알리시아와 라이라는 뭔가 단서가 없는지 서랍이나 침대 아래, 창밖을 차례대로 돌아보고 슬레거는 모포를 떼어냈다. 하지만 역시 단서는 나오지 않았다.

유리우스가 있던 흔적은 사유물을 포함해 전혀 남아 있지 않았다.

"젠장…… 하다못해 뭔가 흔적이라도 있으면."

"흔적이라고 해도, 대체 어떤 거?"

"뭐든 상관없어. 핏자국이든 발자국이든 냄새든."

"냄새라니……. 개가 아니잖아. 좀 더 현실적인 소리를 할 수는 없어?"

"알고는 있다고! 하지만 단서가 전혀 없잖아……!"

초조해하며 이야기하는 슬레거와 알리시아. 그러나 그 대화를 듣고 있던 라이라에게 어떤 아이디어가 떠올랐다.

"냄새…… 그거야!"

갑자기 큰 소리를 낸 라이라는 슬그머니 스커트 주머니에 손을 찔러 넣어, 손바닥에 올릴 수 있을 만한 크기의 붉은 보석을 꺼냈다.

"엘누아르 님! 당신이라면 이걸 쓰실 수 있을지도 몰라요!"

"뭐, 뭔가요? 이건 불의 마석인가요……? 으앗?!"

보석을 받은 엘누아르는 무심코 귀족 아가씨답지 않게 비명을 지르고 말았다. 보석에 내포된 마법진이 너무나도 복잡했기 문이다.

"유리우스 씨의 아이디어로 떠오른 마법진을 새긴 마석이에요. 공격 마법의 부스터로 쓰이는 마석은 보통 '플레어 펜리르'를 모방한 마법진을 그리지만, 이건 신화의 정령이 아니라 '정령의 신화' 자체를 마법진으로 한 거예요."

"저, 정령의 신화 자체를?"

엘누아르는 보석을 빛에 비추어 보았다. 확실히 중심부에는 자주 본 정령 가룸의 마법진이 있었지만 그 주위에는 본 적도 없는 마법진 여러 개가 세세하게 새겨져 있었다.

시계 방향으로 그려진 마법진에는 틀림없이 '하늘에서 태어난 위대한 늑대가 유성이 되어 대지에 떨어지는' 정령의 신화가 끝까지 완전하게 표현되어 있다.

그 오리지널리티와 말도 안 되는 작업을 상상하자 현기증이 났다.

"신화 속 가룸은 마력을 냄새로 느낄 수 있는 능력이 있었던 것으로 유명해요. 화염계 마법은 엘누아르 님에게 잘 맞는다고 생각하고요."

"확실히 그러네요. 제 특기 마법은 불과 번개니까요."

진지하게 말하는 라이라에게 언제나의 느슨한 분위기는 없다.

"연구소의 선배도 사용할 수 있던 몇 분 동안 '마력이 냄새로 보였다'고 말했고……."

"신화 속 가룸의 능력을 쓸 수 있는 마석……."

정령의 존재 자체가 불분명한데 '정령의 힘을 사용할 수 있다'니 마도 왕국이 시작된 후 아무도 달성한 적 없는 대단한 발견과 발명이다.

'전하가 가장 먼저 주목한 이유……. 지금이라면 잘 알겠어요. 이 아가씨, 잘못 대하면 엄청난 문제가 될지도 몰라요.'

그런 예감과 함께 자연스럽게 보석을 쥔 손에 힘을 넣는 엘누아르. 초조해진 슬레거와 알리시아가 끼어들었다.

"아무래도 좋지만 이걸로 유리우스가 있는 곳을 알 수 있다는 거지?! 그럼 빨리 부탁해, 엘누아르 님! 이대로는 그 녀석이고 나미 님이고 다 위험하니까!!"

"어쨌든 마법을 쓸 수 있는 건 너밖에 없으니까!"

두 명의 말에 정신이 퍼뜩 든 엘누아르는 헛기침을 하고 앉은 자세를 고쳤다.

"확실히 그렇군요. 라이라 씨, 마석을 사용하려면 어떻게 하면 되지요?"

"연구소의 선배는 '마력을 집중하면 된다' 고 했는데……."

"마력을 집중하라……. 알았어요……."

그렇게 말한 엘누아르는 손바닥에 붉은 마석을 올리고 눈을 감았다.

오랫동안 몸에 익은 불 속성의 마력을 집중한다. 그러자 붉은 마석이 점차 빛나면서 서서히 열기를 띠기 시작했다.

"크, 으……."

그 열은 몇 초도 안 되는 동안 불길처럼 온도를 높여 갔다.

그러나 본래라면 화상을 입을 텐데, 엘누아르는 화상은커녕 마석이 뜨겁다는 느낌조차 받지 못했다.

"엘누아르 님?! 야, 라이라! 저거 괜찮은 거야?!"

“괘, 괜찮다고 생각해. 연구소의 선배도 저랬었고…….”
엘누아르는 신비한 감각에 빠져 있었다.
자신의 거친 마력의 불길에 접근해 오는 막대한 마력의 흐름.
그 거친 흐름, 자신과는 다르지만 자신과 닮은 무언가. 그것이 자신에게 말을 걸어오는 느낌이 들었다.
「그걸 사용해도 상관없나?」라고.
‘그것’ 이 무엇인지를 따지는 건 시시한 일이라고 엘누아르는 생각했다.
“좋아요. 저에게 힘을 빌려준다면.”
그 순간, 엘누아르가 보고 있는 세상이 바뀌었다.
마력을 냄새로 볼 수 있다……. 신화라고는 해도 표현이 참 기묘하다고 생각했었지만, 그렇게 표현할 수밖에 없음을 실감한다.
천천히 연 그녀의 눈동자는 마석과 마찬가지로 선명한 붉은색으로 변화했다.
그리고 엘누아르의 전신이 불길에 휩싸였나 싶더니, 그녀 자신이 염랑이 된 것처럼 불길이 모여들어 그녀의 몸으로 구현되어 갔다.
손발에는 강인한 발톱, 머리에는 늑대를 상징하는 듯한 귀가, 그리고 마지막으로 늑대의 꼬리가 불길로 형태를 갖추었다.
“그거…… 괜찮은 거야?”
알리시아가 걱정스러운 듯 말하자 불길에 둘러싸인 엘누아르는 가볍게 미소를 지었다.

“후, 괜찮아요. 오히려 예상 외로 기분이 좋을 정도……. 하지만 역시 마력 소비가 보통이 아니네요…….”

라이라의 정보대로 지금 이 순간에도 팍팍 소모되는 자신의 마력.

엘누아르는 즉시 마무리를 짓지 않으면 곤란하리라 판단하고 재빨리 방 안에 남아 있는 ‘유리우스의 마력 흔적’을 찾고자 감각의 채널을 맞추었다.

그러나 기대와 달리 유리우스의 마력 흔적은 이 방에 제대로 남아 있지 않았다.

“그럴 수가……. 어째서 이렇게도 마력의 냄새가 남지 않은 거지…….”

거기까지 중얼거린 엘누아르는 떠올렸다. 그 집사의 결정적 약점을.

“그렇군요. 유리우스 씨는 원래 마력이 적으니까…… 남은 냄새도 적은 거예요. 가름조차 쫓기 힘들 정도로.”

엘누아르의 결론에 슬레거와 알리시아, 그리고 비장의 카드라고 생각해 마력을 맡긴 라이라도 크게 낙담했다.

“젠장……. 이거면 단서를 잡을 수 있다고 생각했는데.”

“여기까지 와서 외통수……인 거야?”

낙담하는 건 엘누아르도 마찬가지였다.

‘이 나라의 미래를 좌우할지도 모르는 굉장한 발명을 이용했는데도…… 뒤쫓을 마력의 냄새가 없으면 어떻게 할…… 어머?’

그때 엘누아르의 머릿속에 문득 떠오른 신화 속 한 구절이 있었다.

'가룸의 신화는 목표로 한 냄새를 보는 거였나요?'

엘누아르는 지금 자신이 냄새를 보고자 채널을 맞춘 상대가 '유리우스' 임을 떠올렸다.

'아무리 그래도 그가 한 달 가까이 보낸 방이잖아요. 마력이 적다 해도 전혀 흔적이 남지 않는 건 이상하지 않나요……. 무엇인가 더욱더 거대하고 강렬한 마력의 냄새로 지워지지 않는 한…….'

신화 속 염랑은 목표로 한 마력만을 본다. 그러니까 지워져 버린 냄새도 보이지 않는다.

그리고 정확히 목표로 하지 않는 한…… 마력의 냄새를 지워 버린, 보다 강력한 마력의 냄새도 보이지 않는 것이다.

엘누아르는 조심조심 채널을 '유리우스' 에서 다른 인물로 전환하고…….

"푸흡?!!"

얼굴을 새빨갛게 물들이고 헛숨을 뿜었다.

"왜 그래, 엘누아르 님?! 뭔가 알아냈어?!"

"괜찮으세요?! 혹시 마석의 부작용 같은 게……?!"

걱정하는 사람들에게 대답할 수가 없었다. 엘누아르는 그 정도로 수치심에 떠느라 움직일 수 없게 되고 말았다.

유리우스의 방 안, 한없이 충만한 거대한 마력의 흔적. 그것은 살바도르 왕국에서도 역대 최강이라고 불리는 마력 보유자의 것이었으니까.

문 쪽에 시선을 주면, 그 냄새를 전신으로 받고 있었을 유리우스의 움직임이 선명히 보였다.

그러나 단서를 잡을 수 있었음에도 불구하고, 가룸의 능력 탓에 불필요한 일까지 알아 버린 엘누아르는 귀까지 새빨갛게 되고 말았다.

'어째서 나미 님의 마력 냄새가 가장 강한 곳이 침대 위인 거죠?! 설마? 설마? 두 분 대답하세요! 여기는 성이거든요?! 성에서 대체 뭘 하고 계셨죠?!'

그러나 마력의 냄새는 문 저편으로 질질 이끌리는 형태로 남아 있다. 그 일을 알아차린 엘누아르는 마음을 가다듬었다.

그것은 핏자국처럼 복도 저편으로 이어지고 있어, 유리우스에게 뭔가 있었음을 분명히 이야기하고 있다.

"이건…… 서두르는 게 좋겠네요. 유리우스 씨가 저항하지 못하고 억지로 끌려 나간 흔적이 있어요."

*

살바도르 성에 특설된 왕국군용 투기장. 그곳은 세간에 잘 알려지지 않은, 군 내부에서만 알고 있는 장소이다.

그렇기에 일반인 관객이 여럿 방문한 학원의 그라운드와 달리 들어올 수 있었던 것은 왕국군 관계자뿐.

그런데도 관객석은 적지 않게 설치되어 있다.

왕국군도 연습이란 명목으로 이 장소를 사용할 기회가 있기 때문이지만, 그게 정말로 '명목'에 지나지 않음을 나나미는 무대 위에서 바라보며 확신했다.

유리우스가 단련시킨 신병들 말고도 즐겁지 않아 보이는 얼굴을 한 나이 든 병사들이 슬쩍슬쩍 보였다.

"왕국군은 다섯 병단으로 나뉘어 있는데 관객석은 4분할, 나머지 하나는 무대 옆. 유리우스가 제5병단에서 들은 명칭은 그래서 붙은 것인가요."

나나미는 불쾌한 듯 말했다. 그러자 대치하고 있는 남자 중 한 사람, 검은 로브를 걸친 마도사가 뻔뻔한 미소를 지었다.

"그러고 보니 자네 집사는 내 동생의 꼬드김 때문에 폐급 창고에 배속되었었지."

"왕국을 수호하는 전력을 폐급이라고 단언하시다니 사람들 위에 설 분이 하실 말인가 싶은걸요? 게다가 이런 장소의 존재를 인정해 버리는 것도."

"약자가 강자에게 대든 대가를 치르게 하고 그걸 보게 한다. 그걸 통해 군의 규율을 유지하고 아무 도움도 안 되는 제5병단 녀석들이 강자에게 오락을 제공할 기회를 주지. 무슨 문제가 있단 거지?"

전혀 움츠러들지 않고 태연스럽게 말하는 첫째 왕자를 보고 나나미는 이를 악물었다.

즉, 이곳의 진짜 용도는 반항하는 평민 병사를 일방적으로 괴롭히는 공개 처형장이다. 관객석이 넷으로 나뉜 것도, 제5병단의 자리가 일부러 무대 옆인 것도 그것 때문.

제5병단은 괴롭힘을 당하기 위한 구경거리라는 생각으로 만든 시설인 것이다.

즉, 무대 위만이 아니라 낙담하는 관객석도 포함해 구경거리가 된다.

"그런가요. 다만 제 집사는 이 공개 처형장도 분명히 왕국군의 부패를 조장하는 곳이라는 견해를 갖고 있었습니다만?"

"뭐?"

"저도 잘 압니다……. 사람이란 안심하고 싶을 때 아래를 보고 '나는 저들보다 위에 있으니까 괜찮다' 고 생각하고 싶어 하는 생물입니다."

나나미는 심록색 눈동자로 첫째 왕자를 똑바로 보고 말했다.

"하지만 그래서는 당연히 더 위를 목표로 하고 있는 자를 따라잡을 수 없고, 무엇보다 정체가 생깁니다. 제 친구들에게 농락당한 자칭 왕국군 최강 병단의 말로 같은 게 좋은 예겠지요?"

"흥, 아스루 녀석과 똑같은 걸 빼먹었군……. 우리 마도사가 최상의 존재, 귀족으로 존재한다는 사실은 그 위가 없다는 의미이다. 우리에게 위를 볼 필요 따윈 없고, 평민 놈들은 위를 올려다보며 절망하면 될 뿐이다."

샤사르가 마법 지팡이를 내밀고 그렇게 말하자, 나나미는 의아해하는 표정으로 고개를 저었다.

"저는 비록 자신이 하위에 있어도 힘이 부족하면 단련하고, 기술이 부족하면 연마하며, 힘이 미치지 않아 지더라도 결코 단념하지 않고 높은 곳을 지향하는 강자를 알고 있을 뿐이에요. 제 이론이 아닙니다."

"무슨 말을 하나 했더니만……. 그자는 자신의 패배를 받아들이지 못하는, 그저 어리석은 자일 뿐이겠지?"

"확실히 그는 우직하고 곧은 사람이지요. 저였다면 이미 마음이 꺾였을지도 모르겠어요."

나나미는 그렇게 말하며 허리의 단검을 뽑아 거꾸로 쥐었다.

"처음엔 그저 '노력파' 라고밖에 생각하지 않았는데 어느 순간 깨달았지요. 나날의 노력을 통한 급격한 성장……. 언젠가 제 실력이 그에게 미치지 못하는 날이 오지 않을까 늘 무서워하고 있어요."

무섭다고 말하면서도 나나미는 한껏 미소 짓고 있었다.

그가 수영으로 결과를 내지 못해도 절대로 포기하지 않고 전국 대회를 목표로 하고 있는 이유를 모르는 나나미는, 우직한 그 자세를 진심으로 존경하고 있었다.

설마 그가 필사적으로 바라고 있는 것이 '나나미를 이긴다' 가 아니고 '나나미를 손에 넣는다' 일 줄은 상상도 하지 못하고 있으니까.

"제 집사는 시종이고, 친구이고, 스승이며…… 라이벌이에요. 그가 한 달이나 걸려 다시 훈련시킨 제5병단이 이대로 깔보이며 구경거리가 되는 입장을 감수하리라곤 생각할 수 없네요."

"그 자랑스러운 집사란 자는 어디에 갔지? 결국 무서워서 주인을 버린 거라면 자네 말도 믿기 어렵군."

"와요!!"

조소를 띠며 야유하는 첫째 왕자를 향해 나나미는 분명히 단언했다.

"그는 제 마음에 드는 사람. 제가 곤란할 때는 반드시 대답해 주는 그런 사람이에요!!"

나나미의 자세에 호응해 풀 플레이트 차림의 전사가 검을 뽑으며 첫째 왕자의 앞에 나섰다. 그 순간 관객석이 웅성이기 시작했다. 정말 이대로 2 대 1을 하는 거냐며.

"도중의 파트너 교체는 인정하지 않는다. 자네가 내 충고를 무시한 거야. 이젠 우는소리를 해도 듣지 않겠다, 나미 슈라이엔!"

"바라는 바예요! 갑니다, 샤사르 D 살바도르 전하!!"

*

첫째 왕자가 없어지고 어느 정도 시간이 지났을까?

녀석이 대전 상대이고, 최종적으로 아군과 함께 나나미를 함정에 빠뜨리려 하는 건 틀림없다.

"젠장, 시합이 시작할 때까지 얼마나 남았지? 아니면 이미 시작했나?"

벌써 몇 번째인지 모를 만큼, 나는 쇠창살을 차고 있었다.

내가 시합 때에 나나미 곁에 없는 걸 미래시로 알고 조심하려 했는데, 이런 사태에 이르는 걸 상정하지 않았던 자신의 어리석음에 화가 치민다.

나나미와의 '그것'을 발견해서 나도 모르게 들떠 있었던 것 같다.

이대로는 환몽 마법이 현실이 되고 만다! 나미가, 나나미가 죽는 미래가 현실로…… 그딴 일을.

"인정할까 보냐, 그딴 것!! 젠장, 내보내 줘! 이 자식들아!!"

내가 초조해하며 쉬지 않고 쇠창살을 차고 있자, 여유가 넘쳤는지 쇠창살 저쪽에서 병사 두 명이 히죽거리며 말을 걸어 왔다.

"하지만 너도 불쌍하구만. 아무리 셋째 왕자의 명령이라곤 해도 그 폐급 창고에 배속된 데다가 감금까지 당했으니 말이야."

"듣자 하니 넌 그 녀석들 지도역으로 배속되어 있었다며? 그런 쓰레기 집단 따위 뭘 어떻게 해도 유용하게 만들 수 있을 리 없는데."

히죽거리며 노골적으로 제5병단을 무시하는 두 녀석. 말투를 보면 어느 쪽이든 작위를 가진 고위 귀족이겠지, 이 녀석들.

"아, 그렇지. 제5병단에 갔다면, 마크라는 이름의 허접한 녀석은 아직 왕국군에 있나?"

"마크……?"

"그래. 학생 시절에는 자주 실험대…… 아니, 우리가 놀아 준 녀석이지. 뭘 생각했는지 그 허약한 마력밖에 없는 허접이가 왕국군에 입대했다고 해서 폭소했었지만."

마크…… 마크……. 이 녀석들의 사람을 무시하는 말투에 짜증이 났지만, 한 달 동안의 지옥을 빠져나온 제5병단의 강자 중 한 명 짐작 가는 인물이 있었다.

“폭렬암석마수(爆裂巖石魔獸) 마크 말입니까?”
내가 그렇게 말하자 두 사람은 얼굴을 마주 보고 웃기 시작했다.
“아하하하! 그건 아니지. 그런 살벌한 별명이 붙을 리 없는 못난이 이야기지.”
“영광스러운 제1병단에 입단한 우리와 달리 제5병단밖에 들어갈 수 없었지. 그 녀석이 허접한 건 그것만 봐도 상상이 가겠지.”
그 병단에…… 허접한 자가 있었나? 그보다 이 녀석들 제1병단 소속인가?
“여러분은 ‘잔물결’이 배속된 제1병단 분들입니까?”
그렇게 말한 순간 기분 좋게 웃고 있던 둘이 동시에 입을 다물고 얼굴을 일그러뜨렸다.
“네놈…… 그 자식들의 지인이었냐?”
어라? 이 반응은……. 이 녀석들 내가 잔물결과 어떤 관계이고 어떤 경위로 왕국군에 아르바이트하러 왔는지 몰랐던 건가?
“대체 그 자식들 뭐야?! 최강을 자랑하는 우리의 공격 마법이 전혀 통하지 않다니……. 악마냐?!”
“마법이 효과가 없고, 맞지 않고, 심지어 쳐서 돌려보내기까지 해……. 그런 공포, 지금까지 맛본 적이 없어.”
처음에 손을 댄 건 자기들일 텐데, 과장도 유분수지.
“하지만 녀석들은 다 학생이라고 했지. 여름 방학 동안만 와 있는 것 같으니 그 악마들과도 오늘로 작별이야. 다시 그 평화로운 나날이 돌아올 거라고 생각하면…….”
“그래, 속 시원하군.”

그렇게 말하며 안도하는 표정을 짓는 두 사람. 당신들 학생에게 지고서 그러고 있어도 괜찮아? 현역 군인이잖아. 아니, 애초에 이 녀석들은 왕국군을 출세의 발판으로밖에 생각하지 않는 도련님 집단이었나?

"슈라이엔 가문의 집사랬지. 넌 알고 있어? 그 괴물들 내력이 어떻게 되는지?"

"조사해 봤지만 내력도 혈통도 단순한 평민. 뭔가 유별난 마력을 가진 가문 따윈 전혀 보이지 않았는데."

혈통이나 집안, 마도사로서 가진 마력만으로 역량을 측정하려고 하는 마력 지상주의자들의 나쁜 버릇이다.

"그건 그렇겠죠. 그들도 두 달 정도까지는 마도사에게 시달리는 보통 평민이었으니까. 제가 고안한 지옥을 빠져나올 때까지는……."

내가 그렇게 말한 순간, 두 병사에게서 표정이 사라졌다.

"지금 뭐라고 말했지?"

"제가 고안한 한 달짜리 지옥을 빠져나올 때까지는 그들도 보통 평민이었다고 말했지요. 뭐, 그 무간지옥을 빠져나온 건 그들의 근성 덕분이지만요."

""한 달?!""

점점 말도 안 되는 것이라도 보는 듯 나를 보기 시작하는 두 사람.

"잠깐만, 한 달이라고? 네놈, 제5병단에 배속된 건 분명히 한 달 전이었지?"

"뭐?! 설마…… 설마?!"

그들 안에서 이해하고 싶지 않은 현실이 이어지고 제시된다.
자신들이 무참하게 박살 나고 쓴맛을 삼켜야 했던 잔물결 멤버들, 제5병단은 그들과 같은 기간 동안 단련되었다.
돌아올 거라고 생각하고 있던 나태한 일상이 이미 뼈다귀도 남지 않은 걸 안 기분이겠지.
"참고로 여러분의 지인과 같은 인물인지는 모르겠지만, 아까 말한 스톤 매셔 마크는 제5병단 중에서도 성장이 눈부신 데다가 워해머 한 방에 스톤 골렘을 부수는 것으로 모자라 '분쇄' 하기 때문에 붙은 별명인데요……."
덜덜덜덜……. 이젠 이가 다 닳을 정도로 몸을 떨며 서로를 끌어안고 있는 두 귀족.
하하하……. 왜 겁먹고 그러시죠? 다른 사람일 거라면서요?
"그러고 보니 그 사람, 일격 필살의 각오로 기합을 넣을 때 귀신 같은 표정으로 사람 이름을 외치는 버릇이 있었지요. 실례지만 성함을 알려 주실 수 있습니까?"
"와하…… 와하하하! 그, 그럴 리 없잖아. 그 마크인데? 우리에게 쫓기면서 울상이나 짓던 그……."
"그, 그럼! 애초에 고작 한 달 만에 그런 괴물이 태어날 리가……."
"확실히 훈련을 시작할 때는 말랐었지만 극한의 근력 트레이닝과 단백질 섭취로 점점 다부지고 강인한 몸으로……."
""아니, 이제 됐어!! 이제 말하지 않아도 돼!!""
현실을 외면해도 달라질 게 없을 텐데……. 그런 일을 생각하는 동안, 유일하게 외부와 이어진 쇠창살 사이로 종이비행기가 날아와 내 손에 쏙 들어왔다.

열어 보자 거기에는 기다리고 기다리던 좋은 소식이 적혀 있었다.

겨우 와준 것 같군.

"그럼 두 분. 지금부터 직접 보여드릴까요? 겨우 한 달의 단련으로 얻게 된 힘의 일부를."

"엉? 무슨 소리를……."

나는 아까와 같은 요령으로, 다리 근육에 마력이 전해지는 이미지를 떠올렸다.

그리고 굳이 주머니에 손을 집어넣고는, 쇠창살에 불량배들이나 쓸 법한 기분 나쁜 밀어차기를 했다.

빠가아아아아아아악!!

아까 전엔 꿈쩍도 하지 않았던 쇠창살이 쳐 날려가 정면 돌벽에 격돌해 굉음을 내며 박혀 들었다.

그리고 질 나쁜 웃음을 지으려 노력하며, 아연해하고 있는 두 병사에게 시선을 보냈다.

""히이이이이이이익!!""

순식간에 기겁해서 도망치는 영광스러운 제1병단 여러분.

"졸업할 때까지 위였다고 해서 실제 사회에 나온 후에도 여전히 위라는 식으로 생각하면 안 되죠, 선배님. 내일부터 제5병단을 기대하시라고요."

떠오른 대로 말하고는 퍼뜩 뭔가를 깨달아서 잘난 척 말한 게 조금 부끄러워졌다.
"그러고 보니 나, 아직 고등학교 2학년이었지……."

「감옥탑에 설치된 마력 흡수 마법진은 파괴했다.」
종이비행기에 적힌 문장으로 동료들이 구원하러 왔음을 확신한 나는 싸움에 참가할 의욕이 넘치는 상태로 탈출했다.
하지만 감옥에서 출구로 내려올 때까지 파수꾼 한 명 마주치지 않았다.
뭔가 약간 부족함을 느끼며 출구에 도착하자, 거기에는 팔짱을 끼고 돌벽에 기대어 선 알리시아 씨가 있었다.
나를 알아차리곤 안심한 듯한 표정을 짓는다.
"무사했던 모양이네."
"걱정을 끼쳤네요. 덕분에 무사해요."
"엘누아르 님에게 네가 여기 감금되었고, 이 감옥탑에 집중한 마력을 흡수하는 마법진이 있다는 말을 들었거든."
알리시아 씨가 그렇게 말하고는 손에 든 녹색으로 빛나는 마석을 보여 주었다.
"소란을 피우는 동안 내가 침입해 마법진의 마석을 슬쩍했지."
던졌다 잡았다 하며 놀고 있는 그 마석이 마법진을 구성하는 장치 중 일부였겠지.
"어? 소란을 피우는 동안?"
내가 의문을 갖자 알리시아 씨는 엄지로 뒤를 가리키고 쓴웃음을 지었다.

"참가해도 되겠지만…… 아마 이젠 늦었을걸?"
"우와……."
내다본 앞에는 지옥이 펼쳐져 있었다.
이름을 붙인다면 '무쌍 지옥' 일까.

"먹어라, 괴물! 염마포탄(炎魔砲彈)[블래스트 플레어]!!"
"머, 멍청아! 저놈에게 마법은……."
초조해진 마법사 한 명이 마력탄을 날리자 슬레거는 실로 멋지게 웃으면서 배트를 휘둘렀다.
"으랴압! 공포의 투수 직선타!!"
카아아아아앙……. 경식 야구에서 자주 들을 수 있는 상쾌한 소리와 함께 되받아친 화구는 선언대로 발사한 본인을 향해 날아가는…… 아니, 안타깝지만 내야 땅볼이 된 것 같다.
콰아아아아아앙……!
"""으아아아아아악!!"""
아쉽게도 화구는 마도사 앞 지면에 꽂혀서 지면째로 대폭발을 일으켰다. 주위의 두세 명을 휘말리게 하면서.
"느려! 네놈들의 공에 비하면 나미 님의 투구는 두 배 속도로 온다고!!"
기세를 타고 상대를 향해 배트를 겨누는 슬레거의 모습이 보였다. 그리고…….
"젠장, 마법 공격으론 안 돼! 전원 직접 타격으로, 숫자로 제압해라!!"

열 명 이상의 마도사들이 부스터가 아니라 둔기로 쓰기 위해 마법 지팡이를 휘두르며 달려들었다. 마법 공격만 하는 녀석들의 체술은 어설프고 허접하지만, 숫자만큼은 압도적으로 우세하다. 그걸 생각한 작전이 잘못이라곤 할 수 없다.

그러나 그들이 슬레거를 둘러싸려 했을 때 순식간에 불 늑대가 나타났다.

"그게 될 것 같나요?"

아니다. 그것은 눈동자를 붉게 빛내며 타오르는 귀와 꼬리, 발을 가져 불 늑대로 보이는 엘 아가씨였다. 고운 용모와 어울려 귀엽게도 느껴졌지만, 하고 있는 일은 조금도 귀엽지 않았다.

"하아아아아아!!"

평소 우아한 행동거지에서는 상상도 못할 맹렬한 포효와 함께 손에 든 마법 지팡이를 휘둘렀다. 그러자 화르륵 소리를 내며 그 궤도를 따라 뱀처럼 폭염이 퍼졌다.

""으아아아아악!!""

폭염에 닿은 자는 몸 곳곳에서 검은 연기를 피워 올리며 기절했고, 무사했던 자들도 공포로 몸이 움츠러들고 겁에 질렸다.

"따로 원호해 주지 않아도 괜찮은데? 엘누아르 님. 이쯤이야 아르바이트 하는 한 달 동안 잔뜩 있었고."

한숨을 섞어 그렇게 말하는 슬레거를 향해 엘 아가씨가 생긋 웃었다.

"안 돼요. 당신이 하면 큰 부상을 입히게 되잖아요? 무기가 무기니까요."

그는 자신의 배트와 엘 아가씨의 마법 지팡이를 비교하고선 “그건 그러네.”라며 웃었다.

위기감은 전혀 들지 않고 ‘내키기만 하면 언제든 원하는 대로 할 수 있다’고 생각하는 게 분명한 두 사람의 대화에 더욱 겁에 질리는 자들.

“나설 차례가 있다고 생각해?”

“없네요.”

나는 질린 표정을 지은 알리시아 씨에게 동의했다. 아니, 이미 끝났으니까.

엘 아가씨가 불길의 늑대 모습을 해제했을 때 감옥탑 주변은 온갖 곳에서 검은 연기가 피어오르고 있었다.

곳곳에 졸도한 자들이 입은 로브의 문장을 보면 제1병단임을 알 수 있다. 아마 슬레거 일행이 배속된 후 지금까지 살아남았던 녀석들이겠지.

그렇게 생각하면 이 나라의 제1병단은 지금 이 순간 전멸한 셈인가.

“아무리 마력으로 강화했다곤 해도 학생 두 명에게 전멸하는 이 녀석들이 왕국군 최강을 자칭하고 있었단 말이죠…….”

“어때? 말한 대로 불안해지지?”

이전에 왕자가 말한 불안감을 잘 알겠다.

나라의 가장 중요한 일인 백성 보호를 위해 있는 게 왕국군이고, 유사시에 지킨다는 명목하에 귀족으로 군림하는 게 마도사들이다.

학생 두 명에게 전멸하는 병단이 '지켜주고 있다' 고 한다 해서 믿을 수 있는 사람이 있겠나.

"폐하도, 그리고 아스루 전하도 그걸 걱정하고 계세요. 이분들도 마법의 재능이 있으니까 단련하려고 하면 얼마든지 향상될 수 있는데."

"권력에 안주해서 아무것도 안 하는 결과가 이건가……."

잘난 척하면서 유사시엔 아무것도 못 하는 타입. 아니지, 이 녀석들은 유사시에 지켜야 할 백성들을 미끼로 두고 자신들만 냅다 도망치는 타입이겠지.

그런 생각을 하고 있는데, 기절한 무리를 서글픈 듯한 눈으로 보던 엘 아가씨가 마음을 정한 것처럼 나를 응시했다.

"자, 유리우스 씨. 꾸물거릴 시간은 없어요. 지금 당신의 가장 중요한 분이 혼자 분투하고 계시니까요."

크! 확실히 그렇다. 한시라도 빨리 나나미 곁에 가야 한다.

그렇게 생각했을 때 주위에서 다수의 목소리가 들렸다.

"있다! 녀석들이다!"

"이놈들, 겨우 몇 명이서 이런 짓을……."

깨닫고 보니 감옥탑 주변에 수십을 넘는 마도사들이 확실히 거리를 둔 상태로 포진하고 있었다. 아무래도 아까 소란을 피우는 동안 원군을 부르러 간 자가 있었던 모양이다.

"전원, 놈들을 사람이라고 생각하지 마라! 짐승이, 군대가 상대라고 생각해! 땅 속성 마도사 앞으로!"

지휘를 맡은 병사의 말에 엘 아가씨가 당황한 듯 돌아섰다.

“큰일이에요! 땅 속성 마법으로 골렘을 생성해서 적을 붙잡아 두고 멀리서 저격할 생각입니다!”

그건 마법에 철저히 의지하는 자들의 상투적 수단. 근접 전투를 남에게 맡기고 일제 공격으로 적을 격파한다. 생명체가 아닌 골렘을 사용하는 만큼은 아직 인도적일지도 모르겠지만.

“엘 아가씨! 아무래도 사방팔방에서 날아오면 다 받아칠 수는 없는데?!”

“제 방어 결계도 그렇게까지 지속할 수는 없어요. 아까의 탐색과 전투로 상당한 마력을 소비하고 말았거든요.”

드물게도 나약한 소리를 하는 슬레거와 엘 아가씨를 무시하고, 마도사 수십 명이 앞으로 나서 일제히 지팡이를 지면에 찔러 세웠다.

인피니티 골렘
“““““무한석인(無限石人)!”””””

그리고 주문을 영창하자 진동과 함께 지면에서 무수한 골렘이 만들어지기 시작했다.

무한석인은 땅 속성 마법으로, 술자의 마력이 계속되는 한 끝없이 골렘을 생성한다.

이 전법이 있기에 근접 전투를 담당하는 전사를 바보 취급하는 자도 있으나, 골렘은 단조로운 명령밖에 실행하지 못하고 술자의 마력이 없어지면 멈춘다.

실제 전쟁 등에서는 그다지 유효한 전법이 아니다.

그러나 지금 핀치인 것은 전혀 달라지지 않았다. 단조롭건 어쩌건 우리는 겨우 네 명. 발을 묶는다는 의미로는 충분하고도 남겠지.

벌써 50이 넘게 생성된 골렘들이 눈앞에 육박하고 있다. 아무 말도 하지 않는 것이 보다 무기질적인 공포를 불러일으킨다.

"훈련에서 잔뜩 파괴했으니까…… 골렘은 우릴 상당히 원망하고 있겠지?"

"그만두세요. 그렇게 따지면 저는 어렸을 때부터 몇 체의 골렘을 파괴했는지도 모르니까요."

알리시아 씨가 투척 나이프 몇 개를, 슬레거는 배트를, 엘 아가씨는 마법 지팡이를 들며 전투태세에 들어갔다. 자연스럽게 나를 중심으로 한 덩이로 모여 달려드는 골렘과 그 배후에서 마법 지팡이를 든 마도사들과 대치했다.

"아무래도 모두 같은 생각을 하고 있는 것 같네."

"이렇게 되면 그것밖에 방법이 없으니까."

강행돌파. 중과부적을 극복할 방법은 그것뿐이다. 하지만…….

"알겠나요, 유리우스 씨. 당신은 달리는 것만 생각하세요. 길을 여는 역할은 우리에게 모두 맡기고."

"아니, 하지만 그건……."

그건 나만이 탈출하기 위한 방책. 입장이 어떻든 이유가 어떻든, 내 위기에 달려와 준 친구들을 희생시킬 수는…… 절대…….

"망설일 시간은 없는 것 같아요……. 집사님."

"우리는 그 극악 영애를 이기게 하려고 그 집사를 도우러 왔는걸. 너를 상처 없이 보내지 못하면 의미가 없어."

"찜찜하면 다음에 밥이라도 쏘라고, 인기남."

"나 참, 다들 왜 그렇게 멋진 거야!!"

나도 뒤늦게나마 각오를 굳히고 눈앞에 달려드는 골렘 무리에 향했다.

"그럼 여러분, 갑니……다?"

그러나 엘 아가씨가 전원에게 강행돌파 신호를 보내려 했을 때, 눈앞에 다가온 골렘에게 이변이 일어났다.

투다다다다다다다다다다다다………….

몇 초 사이에 몇 마리의 골렘이 구멍투성이가 되어 갔다.

그것은 마치 발칸포 집중 포화를 받은 것처럼, 그저 한순간에 생긴 일. 그래도 마력의 명령에 따라 움직이려던 골렘들은 흙먼지가 되어 무너져 내렸다.

"엇?!"

놀란 건 엘 아가씨만이 아니었다. 마도사들도 자신들의 골렘이 갑자기 무너져 내린 이유를 알지 못해 "뭐냐!" "무슨 일이 일어났어?!" 하며 소란을 피웠다.

그러나 대답은 모래 먼지가 개인 저편에 있었다.

"제5병단 여러분!"

한 달 동안의 강화 훈련을 빠져나온 신병들. 그중에서도 궁술(아처리)에 특화한 무리가 대열을 갖추어 서 있었다. 그 뒤에 있는 건 폭렬 암석 마수.

"마크 씨!"

"때맞춰 올 수 있어서 다행이군. 카렌 단장의 명령으로 도우러 왔습니다!"
한 달 동안의 특훈 덕분에 완전히 거한으로 변모한 그였지만 온화한 말투는 여전했다.
"네놈들은 폐급 창고, 제5병단?! 이건 대체 무슨 짓이냐! 우리는 샤사르 왕자님의 명으로 불한당을 잡으려고 하고 있다!!"
마도사의 대장으로 생각되는 남자가 목소리를 높였지만 마크 씨는 온화한 미소를 지을 뿐이었다.
"그렇습니까, 저희는 아스루 왕자님의 '공작 영애 나미 님의 집사를 수색하라'는 명령을 수행하러 왔을 뿐입니다. 그중에 방해자가 있다면 배제하라는 명령을 받았습니다."
"뭐라고…… 네놈, 평민 주제에……."
"자자, 명분은 치우죠. 그쪽도 임무라곤 해도 겨우 학생 네 명 때문에 출동했다고 하면 난처하지 않겠습니까? 여기에선 그저 다른 병단끼리 작은 분쟁이 있었던 걸로 얼버무리는 게 좋지 않을까 합니다만."
"무, 무슨 소리를……."
확실히 만약 우리를 붙드는 데에 성공해도 이후 '제1병단은 겨우 학생 네 명 때문에 군을 움직였다'는 딱지가 붙는다. 비록 왕자의 명령이었다고는 해도 공개적으로 알리고 싶진 않은 일이리라.
"모르십니까? 병사끼리 분쟁이 있었을 때 상층부에 하는 변명은, 예전부터 정해져 있습니다."
마크 씨는 무기인 전투 망치를 마도사들에게 턱 내밀고는 데려온 제5병단의 신병들에게 소리쳤다. 실로 그답지 않게 난폭한 말투로.

"어이, 이것들아! 이 소란은 대체 뭐냐?!"

"""""넷! 자유 오락 시간입니다!"""""

"그럼 맘껏 놀아라! 다만 지지 마라, 자식들아!!"

"""""알겠습니다!!"""""

전원이 각자의 무기를 손에 쥐는 동시에 소리치고 이쪽을 향했다.

마도사들은 전율했다. 그저 네 명을 붙잡고자 생성한 골렘을 어떤 자는 검으로, 어떤 자는 창으로, 활로, 해머로…… 하나같이 일격에 파괴하고 있으니까.

"안 되겠다! 마도사 전군 공격 마법 집중 포화! 놈들을 유린한다!!"

"""""넷!!"""""

다급히 시작되는 마법 공격, 어느새 그건 부대와 부대의 싸움으로 바뀌어 갔다.

제5병단 신병들을 상대하는 그들은 더 이상 우리를 지켜볼 여유가 없는 듯했다.

"하하하…… 이 사람도 저 사람도……."

마크 씨가 "유리우스 씨, 여긴 우리에게 맡겨 주세요!"라고 말하고 싸움판 속으로 돌진해 갔다. 고마워!

그렇게 생각하던 나는 어느새 초록색으로 빛나는 마력의 빛에 휩싸여 있었다.

"어? 뭐지? 방어 결계?"

"1인 한정 전방위 방어 결계예요. 짧은 시간밖에 지속되지 않지만 지금이라면 요격당할 걱정은 안 해도 되겠네요……. 그럼 잘 부탁해요."

"요격당해?"

뭔가 불온한 말이 들렸지만 엘 아가씨는 내 의문에 대답하지 않고 뒤쪽으로 조용히 물러났다. 거기에 맞추어 슬레거가 배트를 한 손에 들고 다가왔다.

어라…… 안 좋은 예감이…….

"저기…… 슬레거? 너는 대체 뭘?"

"이쪽이 빠르겠지?"

잠깐, 오지 마 인마! 설마!!

내가 무엇을 당할지 확신해 초조해하고 있자, 엘 아가씨가 어째서인지 얼굴을 붉히며 말했다.

"신사라면…… 확실히 책임을 지셔야만 한답니다?"

"응?"

나는 그 말의 진의를 확인할 시간이 없었다.

"자아, 가라! 필살! 그랜드 슬램!!"

콰앙! 폭발음 같은 소리를 내며, 나는 엘 아가씨의 결계째로 하늘 높이 날아갔다.

"으아아아아아아아악!!"

*

2 대 1 대결. 그러나 신체 능력에 자신이 있던 나나미는 '혼자라도 어떻게든 될지 몰라' 라고 약간 낙관하고 있었다.

마력 강화를 통해 눈에 담을 수도 없는 속도를 살려 우선 마도사인 첫째 왕자 샤사르를 무력화하고…… 같은 생각을 했지만, 그게 얕은 생각임을 나나미는 깨닫게 되었다.

샤사르에게 고속으로 육박하려 한 순간, 풀 플레이트를 입은 전사가 마력으로 강화된 나나미의 각력을 가볍게 따라잡고 롱소드로 단검을 받아 낸 것이다.

"빠, 빨라!"

"…………."

말없이 롱소드를 휘두르는 전사는 전신 갑옷을 입고 있다고는 생각할 수 없을 만큼 민첩하게 움직여 나나미에게 덤벼들었다.

나나미는 두세 번 무기를 맞대고서 확신했다.

'안 돼! 검술로 이길 수 있는 상대가 아니야!'

그렇게 판단한 나나미는 '쓰러뜨린다' 가 아니라 '쓰러지지 않는다' 로 재빨리 태세를 전환했다.

상대의 간격에는 결코 들어가지 않고, 발을 멈추지 않고 무대 위를 돌아다닌다. 단검은 공격용이 아니라 뒤쫓아 온 전사의 롱소드를 받아 내는 방패로 사용한다.

하지만 그렇게 해도 모든 공격을 받아 낼 수 있는 건 아니다.

게다가 외야에서 날아드는 첫째 왕자의 공격 마법이 까다로웠다.

전사가 접근하고 있을 때 공격하면 전사도 말려들 위험성이 높은데 그런 것 따윈 상관없다는 듯 공격해 온다.

가끔 마력탄이 스쳐서 나나미의 표정이 일그러지면 샤사르는 가학적인 미소를 지었다.

“대체 어떻게 된 거지, 나나미 슈라이엔? 내빼는 것밖엔 못 하나? 자네가 가졌다며 칭송받는 역대 최강의 마력은 쓰지 않는 건가?! 화탄산탄사(火彈散彈射)(호넷 플레어)!!”

마력으로 만들어진 산탄이 나나미의 발치에 쇄도해 이동이 멈춘 순간, 거리를 좁힌 전사의 롱소드가 날아들었다.

“앗차……!”

카앙! 순식간에 정면에서 공격을 받고 만 나나미는 단검째로 날아가 무대 위를 굴렀다. 그 모습에 회장이 들끓었다.

“큭!”

순식간에 일어서 엉거주춤하게 단검을 들고 노려보자, 전사 쪽도 방심하지 않고 롱소드를 중단 자세로 들었다.

샤사르는 그 배후에서 승리한 듯 오만하게 나미를 바라보았다.

“아무래도 그 정보는…… 진실이었던 모양이군. 허풍쟁이 역대 최강 마도사여.”

“무슨 말이죠?”

표정과 말로는 나타내지 않았지만 나나미는 내심 창백해졌다.

‘들켰어?! 나미 슈라이엔이 거의 마법을 쓸 수 없다는 걸!’

“뇌광폭화진(雷光爆火陳)(라이트닝 플레임)!”

"크?!"

샤사르의 주문으로 발치에 발생한 빛에 당황한 나나미가 뛰어올랐다.

하지만 마력으로 강화한 도약에도 불구하고 풀 플레이트 차림의 전사는 가볍게 뛰어올라 허공에 뜬 나나미에게 공격을 가했다.

"자, 잠깐!"

다급하게 롱소드 일격을 단검으로 받아 냈지만, 전사는 즉각 나나미에게서 떨어졌다.

그 사실에 의문을 갖는 것보다 먼저 추가 공격이 나나미를 덮쳤다.

"호넷 플레어!!"

"엇?! 꺄악!!"

나나미는 몸을 움직일 수 없는 공중에서 무수히 날아든 화염 산탄을 정통으로 받고 말았다.

무대 위로 추락해 전신에서 검은 연기를 피워 올렸다. 그러나 여전히 전의를 잃지 않고 일어나 대전자 두 사람을 노려보았다.

샤사르는 가학적인 미소를 지으며 나나미의 그런 모습을 바라보았다.

"패배자의 앙심 같은 밀고이긴 했지만 사실이라면, 그 교활한 집사만 떼어 놓으면 너 따위는 두려워할 것 없다고 생각했지. 정말 그랬군."

이미 '자네' 에서 '너' 로 호칭이 바뀌었다.

그렇게 깔보는 모습은 이미 첫째 왕자가 나미를 공작 영애가 아니라 평민이나 마찬가지라고 판단했다는 증거이기도 했다.
그런 첫째 왕자의 시선을 받아도 나나미는 굳센 시선을 유지하며 말했다.
"확실히 저는 그가 없으면 아무것도 할 수 없어요. 그건 인정하죠. ……하지만."
"하지만…… 뭐지?"
"그러니까 그는, '유리'는 반드시 와요."
혼자라도, 다쳐도 전혀 절망하고 있지 않은 눈동자로 무기를 고쳐 쥐는 소녀의 씩씩한 모습. 희롱하고 있었을 샤사르 쪽이 한순간 질리고 말았다.
"그렇다면 그 환상을 안고 패배하거라! 나미 슈라이엔!!"
샤사르가 나나미에게 결정타를 가하려고 마법 지팡이를 고쳐 잡은 그때였다.

콰아아아아아아아아아아아앙!!

나나미의 선언에 호응하듯, 상공에서 내려온 무엇인가가 굉음을 내며 무대 중앙에 격돌했다.

*

"크윽…… 말도 안 되게 운반해 주는걸."
"유리!"

흙먼지를 피워 올리는 갑작스러운 난입자를 맞이한 무대. 대전 상대도 싸움을 지켜보는 병사들도 넋을 놓은 동안, 가장 먼저 그 난입자가 나인 걸 확인한 나나미가 뛰어들어 왔다.

아니, 기뻐해 주는 건 기쁘지만 대놓고 본명으로 부르면 안 돼요.

"늦잖아! 걱정했다고!!"

"죄송해요, 이것저것 꼬여서……."

안도한 표정인 나나미의 옷은 군데군데 찢어지고 그을린 흔적도 잔뜩 있다. 그건 내가 올 때까지 홀로 버텨 준 증거다.

"늦은 만큼은 확실히 일해야겠죠, 마이 마스터?"

"여기는 나 혼자서도 괜찮았다고 강한 척해야 하려나, 마이 버틀러?"

나는 나나미 곁에 나란히 서서 단검을 쥐었다.

"늦어서 죄송했습니다. 셋째 왕자님 쪽 두 번째 출전자 유리우스 슈피겔, 지금부터 참전하겠습니다."

그 순간 간신히 상황을 파악한 듯 심판이나 관객석의 병사들도 갑자기 술렁이기 시작했다. 그중에서도 가장 내 등장에 놀라고 있는 건 입술을 떨며 나를 바라보고 있는 대전 상대겠지.

"금방 또 뵙는군요, 샤사르 전하."

"어째서냐……. 어째서 네놈이 여기에 있지?"

"동료의 도움을 받았습니다. 저희에게는 '마법진의 요정' 부터 해서 유쾌한 동료들이 있으니까요."

"동료라고? 큭, 쓸데없는 짓을……."

노려보며 분노를 드러내는 샤사르에게 나는 태연히 대답했다.

아니, 분노의 대상이 될 이유는 없는데? 이쪽이야말로 불합리하게 감금되었던 입장이고.

"뭐, 그런 사소한 일은 아무래도 좋습니다만……."

나는 그렇게 말하면서 양다리에 마력을 퍼트리고, 단걸음에 샤사르의 지척까지 파고들었다.

"읏?! 크헉!!"

아무래도 완전히 빈틈을 찔린 모양이라, 풀 플레이트 전사도 미처 막아 줄 수 없었던 모양이다. 배에 정통으로 무릎을 맞은 샤사르가 무대 끝까지 날아갔다.

"시합 중의 일이고, 사리에 맞지 않는 것도 알고는 있습니다만……. 이 사람을 상처 입히는 자는 이 제가 용서하지 않습니다!"

날려간 샤사르에게 추가 공격을 위해 발을 디뎠다.

그러나 역시 두 방까지는 무리였다. 가로로 휘두른 단검은 사이에 끼어든 풀 플레이트 전사에 의해 막히고 말았다.

"빨라!"

전사와 날려간 샤사르 사이에는 상당한 거리가 있었는데도 끼어들어 왔다. 그 사실에 감탄이 나왔다.

"큭, 제대로 지켜라! 쓸모없는 것!!"

그러나 배를 잡고 고통스러워하며 샤사르가 내뱉은 말은 매도였다.

도움을 받아 놓고 끝내주는 말투다.

나는 일단 전사와 거리를 벌리고 나나미와 나란히 섰다.

"그럼 어떻게 할까요?"

"저 갑옷 입은 사람, 네 기량으로 어떻게 안 되겠…… 으앗?!"

우리가 이야기를 끝내기도 전에 전사의 롱소드가 눈앞까지 다 가왔다. 간신히 피했지만 이번엔 우리와 전사 모두 충분히 휘말릴 정도로 큰 폭염이 솟구쳤다.

검을 피하는 김에 피할 수 있었지만.

"잠깐, 똑바로 노려요! 이번엔 아군까지 휘말릴 뻔했잖아요!!"

나나미는 자신이 아니라 적인 전사를 위해서 항의했다.

확실히 아군에게 당해서 쓰러진다면 기분 나쁘겠지. 이 스포츠맨십을 느끼게 하는 반응은 실로 나나미답다.

하지만 나나미…… 저 녀석에게 그런 건 통하지 않아.

"당연하지. 휘말리게 할 생각으로 날린 마법이니까."

"뭐라고요?!"

이 녀석은 적을 처리하기 위해서라면 아무렇지도 않게 아군을 희생하는 타입이다. 팀워크나 파트너를 중시하는 운동선수인 나나미로서는 생각할 수 없는 일이겠지만.

"내가 파트너로 요구한 건 '네놈들을 억제할 수 있는 재주를 가졌고 적당히 쓰고 버려도 되는 인재' 다. 이자에게 그 이외의 것을 바라진 않아."

"쓰고 버려도 되는…… 인재라고요?"

"그렇다. 아무리 검술이 뛰어나다 해도 어차피 마법도 쓸 수 없는 평민. 신에게 선택된 마도사인 우리에게 도움이 된다면 바라는 바겠지?"

풀 플레이트로 얼굴도 안 보이지만, 눈앞의 전사는 마력으로 근력 강화한 우리의 스피드에 홀로 맞설 수 있는 상당한 달인이다.

샤사르는 그런 인물이 마법을 사용할 수 없다는 것만으로도 자신보다 뒤떨어진다, 쓰고 버려도 좋다고 단언한 것이다. 나나미는 명백히 분노한 표정을 지었다.

나 역시 이 녀석이 이 정도까지 쓰레기 같은 생각을 갖고 있을 줄은 몰랐다.

"당신…… 자국의 백성이자 가신인 자를 쓰고 버려도 된다고 아무렇지도 않게 말하다니……. 그러고도 왕족이라 칭할 생각인가요……."

"후, 이 정도 일로 분개하나? 뭐, 그렇겠지. 같은 입장인 자로서는 남 일이 아닐 테니 말이지, 나미 슈라이엔……?"

샤사르는 갑자기 불온한 이야기를 꺼냈다.

같은 입장? 쓰고 버려도 되는 평민과 나나미가, 아니 나미가 같은 입장이라고? 설마?!

"아직까지도 마법을 쓰지 않다니, 역시 정보는 사실이었던 모양이군! 네가 막대한 마력을 가진 것과 달리 마법을 쓰지 못한다는 이야기가!"

첫째 왕자의 말은 다수의 왕국군이 모여 있는 사이로 신기할 정도로 잘 퍼져나갔다.

악역 영애 나미가 오랜 세월 숨겨 온 비밀을 샤사르가 소리 높여 폭로한 순간 회장 전체가 웅성거리기 시작했다.

지금까지 나미는 막대한 마력을 가진 고위 마도사로 주목받아 왔다.

마법을 쓸 수 없다고 하면 그 모두가 속임수였던 게 되고 만다.

관객석에서 지켜보는 왕국군들도 반신반의하는 듯 "설마 그럴 리가……." "하지만 정말로 공작 영애가 마법을 쓰는 걸 본 자는 없어." "설마 슈라이엔 가문이 국민들에게 거짓을?" 등 틀렸다고는 할 수 없는 억측까지 떠돌기 시작했다.

아군 측이어야 할 아스루 왕자조차 경악한 듯 눈을 크게 뜨고 있다.

그런 회장의 분위기를 보며 우리는 '결국 들켰나.' 하는 생각이 들었다.

이 장소에 있었던 게 악역 영애 나미 슈라이엔과 종자인 유리우스 슈피겔이었다면 과연 어떤 기분이었을까.

나미는 자신이 숨겨 온 허위가 폭로되어 동요했을까……. 아니면 오히려 안심해 버릴까? 이젠 숨기지 않아도 된다면서.

유리우스라면 격하게 후회했겠지. 지금까지 깨닫지 못했던 것, 지금까지 주인을 꺼려 왔던 것, 곁에 있으면서 지탱해 주지 못했던 것. 과거의 자신을 후회하리라.

뭐, 그건 어디까지나 그들이었을 때의 이야기다. 우리, 유리와 나나미에게는 상관없는 이야기다.

나나미는 내 심정을 헤아린 듯 동요하지도, 낙담하지도, 주저하지도 않았다. 이전과 같은 모습으로 한숨을 내쉬었다.

"유리우스, 전하는 대체 무슨 말씀을 하고 계신 걸까요?"

나나미는 정말이지 앞날이 걱정되는 아이라도 보는 듯 샤사르를 응시하며 그렇게 말했다.
"지금에까지 시치미를 떼는 그 담력은 감탄스럽군. 그러나 현실을 직시하지 못해서야 안 될 일이지. 아니라면 공격 마법 하나쯤 써 보면 어떻겠느냐. 거짓된 역대 최강 마도사여!"
샤사르는 비밀을 폭로한 자신이야말로 정의라는 듯 위세 좋게 손가락질을 하며 연극조로 말했다.
그의 행동을 본 우리가 한 행동은…… 아이 콘택트.
「저기, 유리? 이럴 때는 어떡하면 좋을까?」
「거짓말이 들켰다면 더욱 큰 거짓말로 덮어서 숨길 수밖에 없겠죠.」
「마침내 그걸 쓸 때가 온 거네!!」
눈만으로도 나나미와 자연스럽게 소통할 수 있는 게 기쁘다. 서로 응시하고 고개를 끄덕이는 우리를 향해 샤사르는 짜증이 난 듯 외쳤다.
"어이, 뭘 소곤대고 있는 거지! 나미 슈라이엔, 넌 이미 끝났다는 걸 아직도 모르나?!"
검을 쥐고 있는 검사의 뒤에서 마법 지팡이를 든 샤사르는 이미 마력 집중을 끝내고 있다.
공작 영애에 대해 '너' 라니. 최소한의 예를 표할 지위도 아니라고 보고 있군……. 뭐, 상관없지만.
"나 참……. 전하쯤 되는 분께서 거짓 정보에 놀아나시다니 한심합니다."

"뭣?"

나는 팔을 벌리고 한심하다는 듯 고개를 저으며 나나미에게 손을 내밀었다.

"하지만 이건 확실히 아가씨의 태만이 원인입니다. 가끔이라도 실력을 보여 두지 않으니까 이런 오해가 생기는 거예요."

나나미는 마치 댄스 권유에 응하듯 내가 내민 손을 잡았다.

"어머나, 미안해요. 나도 지금까지 선보일 기회가 없었기에 그만 잊고 있었네요."

"뭐, 뭐냐 네놈들?! 무슨 소릴 하고 있지?!"

의미를 알 수 없는 우리 행동에, 진실을 폭로했는데도 전혀 동요하지 않는 모습에 도리어 샤사르가 동요하기 시작했다.

물론, 첫째 왕자 샤사르가 폭로한 일은 사실이다.

공작 영애 나미 슈라이엔은 막대한 마력을 가졌지만 마력을 사용하는 재능이 압도적으로 떨어졌다.

그렇기에 공작 영애인 자신을 유지하기 위해 잘못된 방향으로 노력하고 말았다.

악명을 이용해 스스로를 크게 과장해 보여서 '악역 영애'가 되고 말았던 것이다.

높은 자존심과 주위의 압박감 때문에 가장 간단한 일을 하지 못했던 것이다.

타인에게 의지하고 도움을 요청하는…… 그 간단한 일이.

그 때문에 나미는 놓치고 말았다.

자신이 가장 의지할 수 있는 존재가 자신의 가장 근처에 늘 있었다는 사실을.

눈짓만의 회화, 붙잡은 손을 통해 나나미가 지금 갖고 있는 마력의 흐름에 나를 실었다.

마력이 이어진다. 나나미의 마력을 장악했음을 실감한 순간 무대 위에 강렬한 마력이 흘러넘치기 시작했다.

마도사가 초급 마법 등을 발동할 때 이런 현상이 일어나는 경우가 있으나, 이건 그 정도 수준이 아니다.

"마, 말도 안 돼……. 대체 뭐냐, 이 거대한 마력의 흐름은……."

"어머나, 알고 계시지 않았나요? 샤사르 전하. 공작 영애 나미 슈라이엔이 살바도르 왕국에서 무엇이라 불리는지……. 전하께서 '써 봐라.' 라고 말씀하셨으니 따르지 않을 수 없겠네요."

"자, 갑니다!"

"기, 기다려!"

이제 와서 기다리라니. 나와 나나미는 한목소리로 그 마법을 힘껏 외쳤다.

""인게이지 리바이어선!!""

그 순간, 우리 두 사람을 중심으로 방대한 물기둥이 소용돌이가 되어 치솟았다.

막대한 물은 무대 위를 한껏 휘감고는 최종적으로는 우리를 중심으로 한 마리 물의 용이 되어 그 자리에 현현했다.

쿠르르르르릉……. 계속 격류를 일으키는 수룡이 내는 폭포 같은 소리는 마치 포효처럼도 느껴졌다.

"말도 안 돼, 말도 안 돼!! 나미 슈라이엔은 마력만 있지 마법은 쓰지 못한다니 무슨 소리냐! 이런 거대한 마력의 분출도, 수룡을 구현하는 마법도 들어 본 적 없다!!"

거의 절규하는 샤사르의 말도 틀린 것은 아니다.

나미는 확실히 마법을 사용하는 재능이 낮다. 그 때문에 마력은 낮지만 마법 사용에는 발군의 재능을 가졌던 유리우스를 도리어 질투했을 정도다.

그러나 나는 단순히 생각했다.

'나미의 마력을 유리우스의 기술로 다룰 수 없을까?' 하고.

서로에게 콤플렉스를 갖고 있던 나미와 유리우스에게 이런 사고방식은 무리였겠지.

하지만 우리는 다르다.

분명히 말해서 나 역시 나나미에게, 시미즈 나나미에게 언제나 큰 열등감을 느꼈다. 수영이 느리고, 키가 작고, 어울리지 않는다고…….

하지만 결과를 위한 협력을 주저한다는 선택지는 없었다.

나와 선배, 유리와 나나미 사이에는.

"자, 마무리할까요, 아가씨!"

"알았어!!"

나는 그녀의 손을 꼭 잡고 수룡을 조작했다.

"뭐, 뭐냐?! 용이?!"

샤사르는 깨달은 듯했다. 무대 위를 선회하던 수룡이 서서히 똬리를 말듯 몸을 응축해 모두를 물로 뒤덮은 것을.

샤사르도, 상대방 전사도, 그리고 나와 나나미까지.

"으아악?! 뭐냐! 물이?!"

"……?!!"

둘 다 물에 휩싸여 발버둥 치기 시작했다. 그러나 한 번이라도 물에 잠기고 나면 이미 늦었다.

용이 완전히 몸을 말아 거대한 물방울이 되었을 때, 그것은 무대 위 상공에 둥실 떠 있었다.

마침 물방울 중심에서 고통에 몸부림치고 있는 대전 상대 두 명.

나와 나나미는 물방울 안쪽의 벽을 차 고속으로 물 속을 나아가며, 동시에 단검으로 베었다.

"푸헉!"

"흐어억!!"

공격을 받은 샤사르도 전사도, 아무 대처도 하지 못하고 입에서 공기만 토했다.

우리는 더욱 가차없이 벽을 퀵 턴으로 차고 교차하면서 연속으로 물리 공격을 반복했다.

사냥감을 희롱하는 돌고래처럼.

2, 3, 4, 5, 6, 7, 8…………

아까까지 고전한 게 거짓말처럼 느껴지는 원사이드 게임.

어떤 운동선수든 격투가든, 물속 환경에는 대응하기 어렵다.

전문적인 수중 훈련이라도 받지 않는 한, 이 환경은 수영 선수라는 특수한 인종의 무대다. 아무리 탁월한 기술도 여기에선 도움이 되지 않는다.

그들이 물속에 빠진 시점에서 승부가 난 것이다.

뭐, 이렇게 폼을 잡고 있긴 해도 솔직히 말하면 검술 같은 것까지 포함하면 질 가능성이 올라가니까 억지로 우리의 무대로 끌어들인 것이지만.

두 사람의 움직임이 둔해져 왔을 때, 나와 나나미는 각각 최대한 마력 강화한 근력으로 벽을 걷어찼다.

""라스트으으으으으!!""

마지막 일격을 통해 나는 지상의 무대로, 나나미는 상공을 향해 물방울을 빠져나온 순간, 퍼어어어어어어어어엉……! 하고 상공에 떠 있던 거대한 물방울이 성대하게 터져 나갔다.

막대한 물은 무대만이 아니라 관객석의 왕국군에게까지 스콜처럼 쏟아졌다.

"크아아아아! 차가워!!"

"이 비는 뭐야!!"

관객석에서 관객들이 소란을 떠는 와중에 무대 위에 털썩 떨어져 내리는 샤사르와 풀 플레이트 전사. 어느 쪽도 정신은 잃었지만 숨은 붙어 있는 것 같다.

그리고 마력의 비가 쏟아지는 중, 태양의 빛이 쏟아져 무대 위에 무지개가 나타났다.

그 중심에서, 나는 마지막으로 떨어져 온 가장 소중한 사람을 받아 들었다.

우연이 만들어 낸 무대 연출.

그 순간, 왕국군만으로 채워진 관객석에서 성대한 환성이 일어났다. 적대하고 있어야 할 제1병단 관객석에서조차.

그런 대환성 속에서 나나미가 나를 향해 한 말은, 참으로 어이없지만 실로 그녀다운 말이었다.

"역시 우리는 수영 선수네~. 모처럼 헤엄치니 기분이 좋아."

"참 태평한 말씀을……. 슬슬 내릴게요."

나는 그렇게 말하고 양팔로 안고 있던 나나미를 내리려고 했다. 아무튼 얇게 입은 데다가 전신이 흠뻑 젖은 그녀는 내 이성에 심각한 문제였기에.

침대에서 보는 것과 맞먹으면서도 또 다른 매력을 내고 있어서, 먹이를 앞에 두고 '기다려!' 하고 명령받는 강아지가 된 듯한 기분이 장난 아니다.

"아직 안~ 돼~."

그러나 나나미는 내 팔 안에서 고개를 저어 내 말을 거절했다.

어? 왜?

"성에서 일하는 동안엔 느긋하게 이야기할 시간이 없었고, 오늘은 시합에 늦어서 이것저것 답답했으니까…… 벌이야!"

"벌……!"

"오늘은 한껏 응석 부릴 거니까…… 괜찮지?"

"알았어요……."

벌이라고 해야 할지 포상이라고 해야 할지……. 희미하게 온기를 띤 채로 촉촉하게 젖은 데다 부드러운 몸을 맘껏 느낄 수 있는 건 포상이지만, 그 '맛있는 음식' 을 먹을 수 있는 것도 아니라는 건…… 확실히 벌이로군.

큭……. 천국과 지옥의 레벨이 날마다 높아지고 있는 건 기분 탓이 아니리라.

커다란 환성을 향해 손을 흔드는 나나미는 매우 환하게 웃고 있어서, 자신을 안은 내가 그런 욕망과 갈등하고 있는 건 눈치 채지 못한 듯했다.

천진난만한 악녀 같으니…….

한동안 그러고 있자니 환성이 쏟아지는 젖은 무대 위에서 기절하고 있던 풀 플레이트 전사가 불쑥 상체를 일으켰다.

"나 참, 혹독한 경험을 했군. 설마 무대 위, 땅 위에서 물에 빠질 줄은 꿈에도 생각 못 했는데."

"어?! 그 목소리는?!"

이 한 달 동안 익숙해진 목소리가 들려왔다. 전사가 철가면을 벗자 거기에는 흠뻑 젖은 제5병단 단장이 쓴웃음을 짓고 있었다.

"카렌 단장?! 왜 당신이 그쪽에?!"

"하하……. 미안 미안. 최악의 경우 첫째 왕자 쪽에서 폭거를 저지를지도 모른다고 해서 엘이 보험을 든 거였는데……."

"보험……."

"만에 하나라도 살인이 일어나지 않도록 말이지. 너희에겐 전혀 필요 없었던 것 같지만 말이야."

"아뇨, 천만에요. 도와주셔서 감사합니다."

내가 도착할 때까지 버틸 수 있었던 것은 나나미가 분투한 것 말고도 카렌 씨가 자연스럽게 사정을 보며 상대해 준 덕분이겠지.

나중에 들었지만 샤사르는 처음부터 근거리와 원거리 양쪽으로 싸울 계획이었다고 한다. 하지만 마법이 아닌 무술을 얕보고 심지어 쓰고 버릴 생각이었던 그는 부하에게 '그 녀석들을 붙잡아 놓을 수 있는 평민이라면 누구라도 상관없다.' 며 가장 중요한 부분에서 빈틈 있는 명령을 내렸다는 것이다.

덕분에 엘 아가씨는 마침 잘됐다며 병사들을 찾던 끝에 샤사르 편에 마지막 억지력이 될 수 있는 카렌 씨를 보냈다는 모양이다.

"이번엔 정말로 많은 분의 도움을 받았네요……."

"뭐, 그건 피차일반이지."

그렇게 중얼거리는 카렌 씨 뒤에서 흠뻑 젖은 샤사르가 의식을 되찾고 느릿하게 일어섰다.

"어째서…… 어째서 내가 졌지?! 마법이, 마법이야말로 최강이 아니었단 말인가?!"

샤사르가 진심으로 절규했다. 그 가르침, 마력 지상주의야말로 올바르다고 선대 국왕의 가르침을 받고 믿어 온 남자의 통곡.

그 절규에 소란스러웠던 무대 위가 갑자기 조용해졌다.

"우리가 잘못되어 있었단 말인가? 아스루 쪽이 옳았단 말인가?!"

"마법이나 주의, 사상의 문제는 아니겠죠?"

샤사르의 절규에 답하는 나나미의 목소리는 아주 고요해진 무대 위에 잘 울려 퍼졌다.

“마력 지상주의란 본래 ‘마법을 사용할 수 없는 사람을 대신해 마도사가 위험을 짊어진다’ 는 사상. 반마력 지상주의는 ‘마력 이외의 힘도 사용해 사람들을 지키자’ 는 사상. 어느 쪽이든 사람들을 지키려 하는 숭고한 의지임은 다르지 않겠지요. 어째서 단 한 번의 패배로 옳고 그름이 결정되지요?”

나나미가 그렇게 말하자, 흠뻑 젖은 샤사르가 메마른 웃음을 흘렸다.

“하, 하하…… 하하하……. 그런가……. 그렇다면 잘못된 건 나뿐, 이 샤사르야말로 잘못되었을 뿐……. 그런 것인가?”

절망에 빠져들듯 주저앉는 샤사르. 마치 자신의 아이덴티티 전부가 붕괴되어 버린 것처럼 낙담하고 있었다.

이거 참……. 이 왕자, 아직도 나나미가 하고 싶은 말을 모르는군.

그렇게 낙담하는 샤사르를 향해, 예상대로 나나미는 마치 아무것도 아닌 듯 실로 환한 미소를 지으며 말했다.

“그~러~니~까~ 말했잖아요! 겨우 한 번의 패배로 틀렸다고 결정되는 것이냐고!!”

“……어?”

그 말은 샤사르만이 아닌 회장 전체에 울려 퍼졌다. 특히 제1병단의 부상병과 제5병단의 주정뱅이들에게.

“그야 남을 깔보고나 헐뜯거나 부정하거나 폭력을 휘두르는…… 그런 건 잘못을 논하기 이전에 추하지만……. 패자라고 해서 잘못되었다는 논리는 이상하죠?"

그건 분명히 운동선수다운 태도. 전국 대회 상위권 선수인 나나미 역시 몇 번이나 패배를 경험해 왔다. 그러나 그때마다 노력을 반복하고 몇 번이고 도전했기에 지금이 있는 것이다.

패자는 잘못되었다고 한다면, 나 같은 녀석은 지금도 지고 있는 것이고.

"오늘 저희가 보여 드린 건 체술과 마법을 복합한 기술이에요. 하지만 그 기술을 사용하기까지 공략법이 없었다고 할 순 없어요."

틀림없이 샤사르 왕자도 2 대 1 승부라고 방심했으리라. 그것만 없었다면 이길 기회는 많이 있었으리라.

"쓸 수 있는 거라면 마력 이외의 힘에 기대도 좋아요. 마법 공격을 고집한다면 더 높은 수준의 마법을 익히거나 사용법과 연계를 생각하는 것도 좋아요. 강해지기 위한 룰을 만드는 건 어디까지나 자기니까요."

"강해지기 위한…… 자신의 룰."

나나미의 그 말에 제1, 제5병단 병사들의 눈이 번쩍인 것 같았다. 그중에는 이쪽 세컨드로 붙어 있던 아스루의 모습도.

그런 가운데, 무대 위의 나나미는 흠뻑 젖은 채로 한 손을 치켜들었다.

"자, 왕국 병단 병사 제군! 이 한 달 동안 우리 '잔물결'은 강해지기 위한 각종 씨앗을 뿌렸어요!! 우리처럼 강해지길 바란다면 그 씨앗, 지옥의 맹훈련을 빠져나가 보세요!! 강자의 도전이라면 이 나미 슈라이엔과 유리우스 슈피겔, 언제라도 받아들일 터이니!!"

""""" 우오오오오오오오오오오오오오오오!!!!!"""""

나나미의 알기 쉬운 도발에 함성을 지르는 왕국군. 그중에는 부상을 입은 제1병단의 귀족들과 제5병단 주정뱅이들의 모습도 있었다.

각자가 "해 주겠어!" "두고 봐!" 같은 소리를 하고 있는 걸 보면 병사들의 의지에 불을 지피는 데는 성공한 것 같지만……. 이 사람은 또 분위기를 타고는…….

그러나 멋대로 나까지 끼워 넣은 사실이 약간 기쁘기도 하다.

나는 언제나 당신과 운명을 함께할 생각이니까.

"나미 슈라이엔……. 이 얼마나 아름다운가……."

그런 일을 생각하며 목청 높여 선언하는 나나미를 보고 있었더니 옆에서 그런 중얼거림이 들렸다.

거기에는 얼굴을 붉히고 멍하니 중얼거리는 샤사르 첫째 왕자의 모습이…….

그 모습은 약 1년 전의 나를 떠올리게 했다. 새로운 적의 출현에, 자기 안에 명확한 살의가 싹트는 걸 실감했다.

"이 자식…… 빨리 처리해야 하나?"

막간4 ⚜ 고백은 관람차에서

저는 지금까지 인생에서 많은 분들에게 불쾌감을 주고, 폐를 끼쳐 왔습니다.

그 속죄를 위한 첫걸음으로써, 저는 저보다 훨씬 우수한 나나미 씨가 유일하게 놓치고 있는 유리 씨와의 사이가 좋아지게 하려고 생각했습니다.

지금 빌리고 있는 이 몸에 나나미 씨가 돌아왔을 때 유리 씨가 옆에 없는 일만은 피해야 한다……. 그렇게 생각했습니다만.

하지만…… 하지만 말입니다. 그게 얼마나 어려운 행동인가를 저는 실제로 체험하고 있습니다.

사교계에서 만난 다른 가문의 남자 귀족이나 하인들과 대화할 때는 이렇지 않았는데, 말 하나하나를 어떻게 쓸지 고민하게 됩니다.

이런 말을 해도 괜찮을까요? 미움받는 건 아닐까요? 싫은 여자라고 생각하시진 않을까요?

이것저것 생각한 끝에 나오는 게 떠올리고 싶지도 않은 영애 시절의 고압적인 말투뿐.

그런데도 유리 씨는 이런 나에게 웃으며 상냥하게 에스코트

해 줍니다.

"선배, 위험하니까 손을."

"아, 예……. 고마워요."

마치 계단에서 휘청거릴 걸 예상하고 있던 것처럼 자연스럽게.

'제트 코스터'에서 목적도 잊고 떠들고 있던 저에게 상냥한 미소를 지으며,

"머리카락이 흐트러졌습니다."

라며 자연스럽게 흐트러진 머리카락을 고쳐 줍니다.

다른 사람들이 이건 꼭 가야 한다고 했던 귀신의 집에 들어갔을 때도…….

"꺄아아아아아악!"

"괜찮습니다, 아가…… 선배. 제가 뒤에 있으니까요."

어렸을 때부터 언데드를 무서워했던 제가 한심한 비명을 지르고 있으면 항상 어깨를 감싸 안아 주십니다. 그 무렵, 언데드의 이야기가 무서워 잠들지 못한 밤에 제가 잠들 때까지 쭉 손을 잡아 주셨던 그분처럼.

이만큼 당신을 생각하며 신사적으로 행동해 주시는 분……. 결코 쉽게 만날 수 없습니다.

나나미 씨……. 이분을 결코 놓쳐서는 안 돼요.

중요하다고 깨달았을 때는 이미 어디에도 없게 되고 말았던 저와 같은 길만은 절대로 걸어선 안 돼요.

마무리는 석양이 질 시간에 맞춘 '관람차' 입니다.
어째서인지 다양한 의견 충돌을 일으키던 수영부 여러분이 유일하게 충돌 없이 만장일치로 결정한 계획이었습니다.
그분들이 어째서 그렇게까지 역설하고 있었는지 당시에는 전혀 몰랐습니다만…… 타 보니 이유를 실감할 수 있었습니다.
'백문이 불여일견'. 이 세계에는 참으로 올바른 말이 많이 존재합니다.
높고 웅대한 경치가 석양을 받아 붉게 물들어 갑니다.
그런 분위기 속, 밀실에 단둘……. 이런, 이런 상황에 처한 적이라곤 이 생에 단 한 번도 없었습니다.
갑작스럽게 심장이 경종처럼 크게 울리기 시작했습니다.
단둘……. 저희는 지금 이곳에 단둘뿐입니다.
"선배."
"예, 예!!"
"저…… 들어 주셨으면 하는 일이 있습니다……."
왔어요. 결국 오고 말았어요……. 이 순간이!
수영부 여러분이 역설하고 있던 대로였습니다.
「그 녀석은 자신감이 부족해서 나나미와 사귈 자격이 없다는 생각에 빠져 있어. 그러니까 나나미가 그 녀석에게 마음이 있다는 걸 분명히 보여주면…….」
승률은 반반이라고 여러분은 말씀하셨지만…… 이런 환경과 '시추에이션' 이에요. 하지 않을 수 없겠죠.

"실은, 당신께 고백하고 싶은 일이……."
"알았어요. 부족한 사람이지만 부디 잘 부탁드릴게요."

뜻을 정한 듯 고개를 든 유리 씨의 눈을 보며 저는 대답했습니다.
"어?"

*

큰일이다, 정말로 큰일이다.
나나미와 함께 유원지에 들어온 후, 나는 계속 그것만 생각했다.
계단이 위험하다고 생각하며 손을 내밀면 얼굴을 붉히고는 시선을 피하며 "……고마워요."라고 답했다.
그건 마치 어린 시절 넘어질 것 같았던 그분의 손을 잡았을 때 같았다.
그 후에도 나나미의 '뜻밖의 사랑스러움'을 계속 목격했다.
제트 코스터에서는 어린애처럼 떠들거나, 부 활동에서는 그토록 씩씩하던 그녀가 귀신의 집에서는 무서워서 울상이 되어 있거나. 그럴 때마다 덜컥 하고…… 죄악감에 시달린다.

나는 미즈마치 유리가 아닌데.
이 모두가 내가 누려도 될 행복이 아닌데!

결국 죄악감에 견딜 수 없게 된 나는 진실을 이야기하기로 결의했다.

당신의 눈앞에 있는 남자는 사실 미즈마치 유리가 아닌 다른 사람이라고.

그러나…….

"실은, 당신께 고백하고 싶은 일이……."

"알았어요. 부족한 사람이지만 부디 잘 부탁드릴게요."

"어?"

큰일이다……. 이건 정말로 큰일이다! 나나미는 내가 하려 했던 고백을 지레짐작한 모양이다!

그렇지 않아! 그렇지 않습니다!! 이건 '교제해 주세요.' 라든지 '애인이 되어 주세요.' 같은 고백이 아닙니다!!

내가 당황해하는 것이 이상했는지 나나미는 의아한 듯 고개를 갸웃거렸다.

"어……? 제가 착각한 건가요?"

선배의 그 얼굴에 나는 이후의 전개를 생각하고 말았다.

만일 지금의 발언을 부정했을 경우 두 사람의 관계가 어떻게 될지.

지금까지도 미즈마치 군의 예금을 강탈해 놓고 이 발언을 부정하면 두 사람의 관계를 부수는 꼴이 되지 않을까?!

"자, 잘 부탁드립니다."

그렇게 말한 순간, 나나미는 새빨갛게 얼굴을 물들이면서 실로 사랑스러운 미소를 꽃피웠다.

이 웃는 얼굴을…… 그분을 똑 닮은 이 미소를 무너뜨리는 일 따위…… 나로서는 할 수 없다.

누군가…… 누군가 저를 죽여 주세요…….

에필로그 마수의 포효

후일, 나와 나나미는 다시 왕성으로 호출을 받았다.

아무래도 아스루 왕자가 직접 전하고 싶은 일이 있다나…….

"어떻게 생각해, 유리? 우리는 왕자의 의뢰를 잘해냈다고 생각하는데?"

"어떨까요? 대강은 해냈다고 생각하지만 그 왕자의 본심은 '마력 지상주의를 깨부순다' 였으니까요. 그 의미로는 완수했다곤 하기 어려울지도……."

그렇다. 이전 시합 이후 살바도르 왕성에서, 특히 왕국군 내에서는 '마력 지상주의' 나 '반 마력 지상주의' 중 하나가 대두한 게 아니라 명확하게 대립하게 된 듯하다.

뭐 딱히 내란이 일어나고 있다거나 하는 건 아니고, 마도사건 전사건 서로 단련해 병단마다 강함을 경쟁하는 모양새가 만들어졌다나.

병단끼리의 모의전도 자주 일어나며 특히 제1병단의 "마법이 더 강하다! 덤벼!!"와 제5병단의 "바라는 바다! 허약한 마도사 따위 날려 버려 주마!!" 같은 대립이 매일 일어나는 모양이다.

"매우 난폭해졌네. 도련님들도 주정뱅이들도."

"원흉은 우리의 행동과 당신의 발언 탓이라고 생각하지만요……."

즉 아스루 왕자의 기대와는 달리 지금은 마력 지상주의 병사들도 의욕적으로 훈련에 힘쓰고 있다는 모양이라…… 오늘의 호출은 그걸 질타하기 위함일지도 모르겠다.

그런 불안을 나누면서 왕성 응접실에 간 우리가 본 것은…… 아스루 D 살바도르 셋째 왕자 전하와 에델슈타인가의 영애 엘누아르 에델슈타인 님이 훌륭할 정도로 아름답게 무릎을 꿇고 있는 모습.

경험으로 안다. 그에 따라 우리는 생각할 틈도 없이 내달렸다.

"두 사람…… 이번에는 실로……."

"스톱스톱스토옵! 아무리 그래도 왕자님이 그런 짓을 하면 안 돼요!"

"엘누아르 씨도! 공작가의 영애가 생각 없이 전하와 함께 '그런 짓'을 하지 말아 주세요! 국가적으로도 위험합니다!!"

일전에 우리가 하려 했던 것은 모른 척하기로 하고…… 나나미는 엘 아가씨에게, 나는 왕자를 붙들어 마도 왕국 최고봉이 머리를 박고 사죄하려는 걸 간신히 저지했다.

"하지만 진심으로 사죄하려는 마음을 표현하려면 이 방법뿐이라고 엘이……."

"저는 '잔물결' 분들에게 배웠는데."

더더욱 미안한 듯 고개를 숙이려는 두 사람을 향해 나나미가 외쳤다.

"알았어요! 성의는 정말로 잘 전해졌으니까 그만둬 주세요! 왕국 귀족이 그렇게 사죄하면 너무 황송하다고요!"

그 후 어떻게든 둘을 달래고 넷이서 대화를 나누었다. 우리는 아스루 왕자의 과거, 이번에 마력 지상주의에 대해 극단적으로 대응하게 된 경위, 그가 가진 마음의 응어리에 대해 직접 들었다.

본래 집사인 나는 나나미의 뒤에 서 있어야 하나, 왕자가 "부디 같이 앉아 달라."며 자리를 권해 주었다.

왕자는 이전까지 부자연스러울 만큼 상쾌하던 미소를 지우고, 마치 붙었던 귀신이 떨어져 나간 것처럼 자연스럽게 웃고 있었다.

어느 쪽이든 미남인 건 화가 나지만.

젠장, 세상은 불공평하구만!

"이번엔 정말로 미안했다. 나는 '마력 지상주의 혐오' 때문에 소중한 것을 많이 놓치고 있었던 모양이야. 나도 모르는 사이에 그만큼이나 싫어하던 자들과 같은 행동을 하고 있었으니까."

이야기를 듣고 보면 공감하지 못할 내용도 아니다. 나도 갑자기 나나미가 있던 곳에 모르는 사람이 나타나 '오늘부터 제가 대신합니다.' 같은 소리를 '지껄였다간' 어떻게 될지 모른다.

"이것저것 놓치는 일이 많은 법이죠. 나…… 저도 실수한 일은 많고, 지금까지 올 수 있었던 건 운 좋게도 그때 실수를 바로잡아 주는 사람이 있었을 뿐이고."

지금의 내가 있는 건 그날 방과 후 수영장에 나나미가 있어 준 덕분이다.

그렇지 않았다면 나는 수영부를 그만두고, 나나미를 모른다는 인생 최대의 잘못을 범하고 있었을지도 모른다.

내가 그렇게 말하자 아스루 왕자가 갑자기 입가를 들어 올리며 웃었다. 못된 장난을 떠올린 것처럼.

"그런데 유리우스, 자네는 경어에 익숙하지 않은 모양이군? 아무래도 신경 쓰여서 견딜 수 없는데."

"엇, 그렇습니까?"

그런 소린 처음 들었는데……. 일본과 이세계 어디서든.

"지금도 자기를 '나' 라고 말하려다가 고친 것 같고."

잘 봤…… 아니, 잘 들었네, 이 왕자. 역시 정보 하나로 왕국을 움직이는 왕족답다고 할까?

"부끄럽지만 확실히 바른 어법을 쓰지 못할 때도 있습니다. 거슬리셨다면 부디 너그러이 용서를……."

그러나 아스루는 내 생각과는 달리 참으로 왕족답지 않은 말을 했다.

"그렇다면 유리우스. 개인적인 때만이라도 상관없다. 나에게도 슬레거나 다른 자들과 이야기할 때처럼 편안하게 말해 줄 수는 없을까?"

"엥?"

갑자기 무슨 소릴 하는 거야, 이 왕자는.

"네, 네엣?! 아니, 아무리 그래도 전하에게 그건 좀……."

너무 얼토당토않은 행동에 당황해 주위를 보면 나나미는 완전히 남의 일처럼 생글거리고 있고, 왕자를 억눌러 주는 역할인 엘 아가씨는 이쪽을 보지도 않고 홍차를 즐기고 있었다.

무시합니까?!

"이번 사건으로 나는 통감했다. 나에게 친구가 적다는 사실을……."

"읏……."

뜻밖의 커밍 아웃, 왕자의 아싸 선언.

"내게 친구라고 말할 수 있는 사람은 엘밖에 없다. 동성을 찾으면 주위에 있는 건 부하뿐. 잘못을 잘못이라고 같은 시선에서 말해 줄 수 있는 자가 더는 없는 거야."

"우와――――."

그건 그것대로 꽤나 무거운 현실이다. 나도 모르게 이상한 소리를 내고 말았다.

생각해 보면 분명 왕자는 학원에서든 왕성에서든 존경은 받을지라도 대등한 취급을 받는 경우는 없었다.

왕자라는 신분을 생각하면 당연한 일이지만, 그 역시 한창 청춘인 건강한 남자다.

또래 친구와 편하게 시시한 이야기도 하고 싶을 테고 필요한 일이리라.

나는 거기까지 생각하고서 남작가의 장남 유리우스 슈피겔로서 아스루 왕자를 보는 걸 그만두었다.

유리로서 평범한 동급생을 보듯이 마음을 고쳤다.

작위가 있고 귀족 체질에 물든 유리우스에겐 어려울지도 모르지만 내게는 평소의 일상인 만큼 간단한 일이다.

"알았어, 아스루……면 될까?"

"오! 그래, 잘 부탁한다, 유리우스. 그래서 말인데…… 너희가 하는 '야구'라는 것에 나도 참가해 보고 싶다만……."

"뜬금없네, 진짜……."

*

공작 영애들은 미소를 지으며 두 사람의 대화를 듣고 있었다.

"정말이지~ 남자는 야만스럽네~ ……같은 이야기라도 하는 게 좋을까?"

"저는 전하에게 동성 친구가 생기는 일이 기뻐요. 지금까지 남자이건 여자이건 전하에게 접근하는 자는 뭔가 타산이 있었으니까요……."

"어머, 제 종자에게는 그런 생각이 없단 말인가요?"

"예, 적어도 '주인을 왕족에게 시집보내자' 같은 알기 쉬운 타산은 절대로 없는 것 같고요."

"?"

엘 아가씨는 그런 식으로 말하고는 나를 향해 슬며시 뭔가 함축하고 있는 듯한 미소를 지었다.

저기, 뭔가요? 그 '저는 알고 있답니다.'라도 말하고 싶은 듯한 표정은?

뭐라 표현할 수 없는 예감에 전율하고 있는데 갑자기 응접실문이 열렸다.
그리고 나타난 자는 안경과 백의를 걸치고 너무나도 연구원 같은 분위기를 풍기는 중년 남자.
남자는 아스루 왕자를 확인하곤 다급히 그곳에 무릎을 꿇었다.
"무슨 일이냐! 손님이 와 있거늘."
"죄, 죄송합니다. 그러나 화급한 통지입니다. 조금 전 '마의 숲 밀크로스' 주변에서 숲을 사냥터로 삼고 있는 사냥꾼의 시체가 발견되었습니다!"
"시체라니? 어떻게 된 거냐?"
마의 숲 밀크로스란 그거였지, 살바도르의 유명한 옛날이야기에 나오는 마수의 숲.
이 나라는 마수가 범람하는 걸 막기 위해 건국되었다고 하며, 바로 인접해 있는 곳이다.
"사인은 전신에 있는 각종 외상입니다. 그런데 물리거나 할퀸 상처, 타박상 하나하나까지 전부 '별개의 마수'에 의한 것입니다! 100년 전의 기록과 같습니다!"
"뭐, 뭐라고?! 그렇다면……."
조금 전까지 비로소 나이에 어울리는 표정을 보이기 시작했던 왕자였지만, 급격한 긴장에 의해 지금까지 없었을 만큼 딱딱한 표정으로 바뀌었다.

"비스트 웨이브가…… 일어난다……."

후기

이번에 『전생종자의 악정개혁록(블랙 크로니클)』 2권을 구매해 주셔서 정말로 감사합니다.

최근에는 선배 작가님들이 어찌 일하는지가 너무나도 궁금해서 견딜 수 없는 카타리베입니다.

소설을 쓰는 방법은 열 명 있으면 열 가지 방법이 있다는 모양입니다만, 매달 출간하고 있는 분들의 두뇌는 어떻게 되어 있는 것일지…….

그런 저입니다만 소설 작업 중 가장 좋아하는 부분은 껄끄러워하는 분이 많은 '플롯' 부분입니다. 잘한다곤 안 했습니다, 좋아할 뿐입니다.

망상하면서, 막연하게, 내키는 대로 스토리를 슥슥 떠올리는 건 즐겁습니다.

어느 정도 본론에서 이탈해도 우수한 담당자님이 수정해 주시니까 어떻게든 되고요!

—이번 작품 회의의 한 풍경—

"정령과 관련된 내용은 좋네요! 어떤 설정인가요?"
"막 떠올렸습니다! 아직 깊게는 생각하지 않았습니다!!"
"…………."
죄송합니다. 명백하게 실망시켜서 정말로 죄송합니다!

반대로 가장 못하는 부분은 '이름 붙이기' 입니다. 싫다고는 안 했습니다, 잘하지 못할 뿐입니다.
예를 들어 2권부터 등장하는 '카렌 단장' 말인데, 사실은 초고에서부터 세 번이나 개명한 바 있습니다.
'여자 같으면서도 멋진 이름' 이라고 콘셉트를 정했는데, 처음에는 '너무 남자 같아서', 다음에는 '다른 캐릭터와 겹쳐서' 불합격.
고민하고 고민하던 저였지만, 갑자기 아까 사 와서 책상 위에 올려 둔 목캔디 패키지가 눈에 뛰어들어 왔습니다.

"카린(모과) 추출물 함유 목캔디……. 카린 함유…… 카린…… 카린…… 카렌!!"

그게 '카렌 단장' 이 탄생한 순간이었습니다……. 어쩐지 정말로 죄송합니다!
이제 와서는 정말 마음에 들지만요.

반대로 히로인 이름은 의외로 처음부터 정해져 있었습니다. '*범고래를 탄 여자아이' 에서 따 온 이름이지만요.

이번에도 다양하게 고생하시게 된 W씨. 막차 직전까지 노력해 주셔서 감사합니다. 오늘은 막차 타는 데 지장이 없을까요?

여전히 엄청나게 멋지고 귀여운 일러스트를 그려 주신 토사카 아사기 님, 매번 매번 상상도 못했던 유리와 나나미의 모습을 볼 수 있는 건 선생님 덕분입니다. 앞으로도 아름다운 맨다리를 잘 부탁드리겠습니다.

그리고 이 책을 구입해 주신 독자 여러분께 최대의 감사를.

2016년, 봄을 앞두고서

카타리베 마사유키

---

* 애니메이션 『일곱 바다의 티코』의 주인공 나나미. 국내에는 『돌고래 요정 티코』라는 이름으로 방영되었다.

전생종자의 악정개혁록(블랙 크로니클) 2

2021년 06월 25일 제1판 인쇄
2021년 07월 01일 제1판 발행

지음 카타리베 마사유키 | **일러스트** 토사카 아사기

발행 영상출판미디어(주)
등록번호 제 2002-000003호
주소 21311 인천광역시 부평구 평천로 132 (청천동)
전화 032-505-2973(代) | **FAX** 032-505-2982

ISBN 979-11-380-0187-8
ISBN 979-11-6625-553-3 (세트)

TENSEI JUUSHA NO BLACK CHLONICLE vol.2

노블엔진(NOVEL ENGINE)은 영상출판미디어(주)의 라이트노벨 및 관련서적 브랜드입니다.